16	3	2	13
5	10	11	8
9	6	7	12
4	15	14	1

MARCELO MIRISOLA

MEMÓRIAS DA SAUNA FINLANDESA

editora■34

EDITORA 34

Editora 34 Ltda.
Rua Hungria, 592 Jardim Europa CEP 01455-000
São Paulo - SP Brasil Tel/Fax (11) 3816-6777 www.editora34.com.br

Copyright © Editora 34 Ltda., 2009
Memórias da sauna finlandesa © Marcelo Mirisola, 2009

A FOTOCÓPIA DE QUALQUER FOLHA DESTE LIVRO É ILEGAL E CONFIGURA UMA APROPRIAÇÃO INDEVIDA DOS DIREITOS INTELECTUAIS E PATRIMONIAIS DO AUTOR.

Capa, projeto gráfico e editoração eletrônica:
Bracher & Malta Produção Gráfica

Revisão:
Fabrício Corsaletti
Fernanda Diamant

1ª Edição - 2009

CIP - Brasil. Catalogação-na-Fonte
(Sindicato Nacional dos Editores de Livros, RJ, Brasil)

Mirisola, Marcelo
M651m   Memórias da sauna finlandesa /
Marcelo Mirisola — São Paulo: Ed. 34, 2009.
176 p.

ISBN 978-85-7326-437-1

1. Ficção brasileira. I. Título.

CDD - B869.3

MEMÓRIAS DA SAUNA FINLANDESA

Primeira parte

Sobre os ombros dourados da felicidade.................................	13
Nunca mais o lixinho do biombo............................	25
A Casa das Pedras..	37
Memórias da sauna finlandesa...............................	47
A troca perfeita	55

Segunda parte
Seis vezes Cacá

Olhos de cais	65
Enguiçado..	71
Spaghetti espiritual..	77
Claudinha em volta do xibiu..................................	83
Roleta-russa...	87
Uma história de Natal, com panetone..	91

Terceira parte

Os gorilas de Sumatra..	97

Quarta parte

Festinha na masmorra	117
Encontro no Cervantes...	121
Meu estimado Poltergeist.......................................	127
Canjica	131
On The Road à parmegiana.....................................	139

Quinta parte
Mezzo calabresa, mezzo muzzarella

Mesa 5 147
Pai 161
Para o Dostoiévski do Jardim Casqueiro................... 165

Sexta parte

Valentina e o laranja intenso.. 171

Sobre o autor.. 175

Dedico essas memórias não muito confiáveis ao meu amigo Bactéria, que me cobrou no sentido de escrever "um livro daqueles".

Tá aqui, mano.

"(...) o acaso também é corregedor de mentiras. Um homem que começa mentindo disfarçada ou descaradamente acaba muita vez exato e sincero."

Machado de Assis, *Memorial de Aires*

Primeira parte

SOBRE OS OMBROS DOURADOS
DA FELICIDADE

Bebel era absurdamente linda. E, embora não precisasse, gostava de cuidar da casa, encerar o chão. Essas atividades que somente nossas avós (tenho 42 anos) faziam com devoção, e ternura. A coisa mais bonita do mundo era ver Bebel cuidando das samambaias. Nessas ocasiões, eu coçava meu saco, e matutava: "Bebel é a medida de todas as outras coisas". Para mim, Bebel era melhor que Amélia, era perfeita. Sintonia fina entre forma e conteúdo. Tinha o cérebro do tamanho de um grão de bico. Tirando a obsessão que ela nutria em cuidar do maridinho — ah, que falta minha mulherzinha me faz... — nada em Bebel era desproporcional.

Isso incluía meu guarda-roupa (a coleção de camisas polo), nossas idas ao supermercado todas as quartas-feiras, e minhas amizades. Ela não suportava o Peninha, meu parceiro de squash. Mas isso eu tirava de letra, e até que dava razão a ela nos outros assuntos. Em muitos anos eu não passava tão bem. Morava num belo apartamento na General Urtiga, perto da praia. Tinha o Leblon para mim, e uma Cherokee blindada na garagem. Havia clareado os dentes, e não descuidava da academia. Olhava-me no espelho, e gostava do resultado. Eu era um reflexo de Bebel.

E ela me refletia. Sem perceber, eu diria que era mesmo nossa natureza, vivíamos em cumplicidade com esse reflexo, como se coubéssemos perfeitamente em nossos desdobramentos: quem não nos conhecesse diria que éramos irmãos, porque até parecidos fisicamente acabamos ficando um com o outro, eu o maridinho de Bebel, e Bebel, minha mulherzinha. Além de reflexo, poderia dizer que também éramos uma extensão, e que o amor, mais do que um amálgama, era algo prático que *atuava* de fato em nossas vidas, atuava na nossa rotina, eu juro, como se fôssemos — até nos momentos mais diferentes — uma só pessoa. E foi assim que, em princípio, recebi com mais naturalidade do que espanto, como se fosse um reflexo meu, o cisto que brotou em cima do ombro direito de Bebel. Uma bolota pela qual minha mulherzinha fixou-se com repulsivo apego e uma incômoda dedicação.

Aqui começa meu drama. Não havia blindagem. Nada podia me proteger da invasão bárbara daquela bolota. Tão diferente do sossego que desfrutávamos, alheia ao conjunto e alheia à beleza de Bebel — a bolota latejava a olhos vistos, e crescia.

Eu não podia tocar naquele lugar — e nem no assunto. Bebel gritava de dor. A dor doía nela, e a indignação em mim.

Um dia um chumaço de pelos grisalhos brotou no cume da bolota. Isso sim me incomodou, e todo o resto começou a perder o encanto e a graça. Mas eu não podia falar nada. Tinha de aceitá-las, Bebel e a bolota, como se fossem uma só, e eu tivesse me casado com as duas. Havia um acordo tácito entre nós; eu, Bebel e a bolota, que dizia mais ou menos o seguinte: Bebel sentiria dor e formigamentos, eu teria de respeitá-la por conta de sua nova condição, e a bolota — acompanhada dos pelos crespos e grisalhos — cresceria.

A vida que conquistáramos não cabia mais dentro da gente. Tudo mudou. Antes tínhamos uma certeza... como vou dizer? Era mais fácil. Era como se o futuro concordasse com os nossos planos. Aqui mesmo no Brasil. Quer dizer, seis meses aqui e os outros seis em Miami.

Também havíamos feito planos para o Thiaguinho, nosso bebê. Ele era uma mistura perfeita entre minha agressividade empresarial e o bom gosto de Bebel, antes da bolota. A gente nem ligava de deixá-lo no Pet no final de semana. As outras crianças já haviam se habituado com o Thiaguinho, menos os irascíveis Fox Paulistinhas. Sabe quando tudo está dando certo na vida da gente?

A loja pedia — e sobretudo nossos clientes — pediam expansão. A palavra era essa, expansão. Mas a única coisa que se expandia era a bolota peluda. Ah, meu Deus, em cima dos ombrinhos dourados da minha felicidade.

Antes da bolota, podíamos nos considerar um casal perfeito. Éramos jovens, bem-sucedidos na vida afetiva e no âmbito social. Um pouco antes de a bolota aparecer, Bebel havia sido convidada para escrever uma coluna na *Pequenas Empresas & Grandes Negócios*. Ela estava animadíssima porque seria a primeira vez que uma empresária do ramo Pet falaria de afetividade, com uma puxada para o lado humano. Aliás, Bebel sempre teve sensibilidade pra esse "lado". Ela era muito querida nas comunidades da Rocinha e do Vidigal, e sempre que podia participava dos programas assistenciais nas favelas, e distribuía ração. Eu não concordava, às vezes achava que Bebel exagerava na dose, mas acabava aceitando. Se era bom para a loja, era bom para o nosso casamento.

Sim, éramos felizes, perfeitos. Thiaguinho no canil e a Cherokee na garage.

Ah, saudades do tempo em que Bebel regava a samambaia. Ela sabia que eu a observava, e caprichava no visual dona de casa submissa. Avental xadrez, rabo de cavalo. E suor. O suor na testa era o sinal. Uma espécie de preparação para o sexo. Bebel entendia de "climas" e fez vários cursos para apimentar nosso relacionamento. Todo um ritual. Foi a melhor aluna do curso de dança do ventre. O nome da coluna na revista?: *Vida Pet*. Pet, claro.

Não tanto pela bolota. Não dei um pio quando do vermelhão passou ao violeta. Fiquei quieto, contrariei minha natureza. Aqueles pelos grisalhos me incomodavam. Bebel fazia questão de carregar a bolota para cima e para baixo. Ela havia incorporado o monstro que — depois dos pelos grisalhos e eriçados — começou a abrir feito uma couve-flor. O cuidado, o ciúme e a dor que ela não fazia questão de disfarçar, e agora a exposição orgulhosa do monstro, tudo isso me levava a acreditar que Bebel não apenas havia se transformado noutra pessoa. Muito pior. Ela aparentemente gostava do resultado — vejam só — por um único motivo: aquilo brotava dela. Era ela.

Na praia, na aeróbica, nas festas e depois no Pet Shop.

Por causa da bolota hedionda, Bebel descuidara das samambaias, e nem ligava de me deixar esperando horas no estacionamento do shopping. De adestrador passei a cachorrinho da Bebel, e de sua bolota. Nunca mais a dança das samambaias. Bebel me ignorava. Ela fazia questão de levar a maldita bolota a todos os lugares, até para as consultas na astróloga — e na missa também.

O ponto alto do descuido, e o motivo do nosso rompimento foi a festa de dois anos do Thiaguinho.

Havíamos contratado um Buffet Pet. Eu tinha de mostrar aos nossos clientes e parceiros de amizade que, apesar da bolota, ainda éramos uma família feliz. Thiaguinho e os coleguinhas de canil dele, as professoras de hidromotricidade e os veterinários, e os pais e as mães e os mestres, todos os nossos clientes, nos prestigiaram. Consegui o patrocínio da Cargill. Quando Verinha Loyola e seu Bidu apareceram tive a certeza de que o pesadelo havia se dissipado. Sabem o que Verinha Loyola e o Bidu significam numa festa Pet? Prestígio, sucesso e garantia de negócios milionários. Um futuro Pet, brilhante. Tudo. Inclusive a cobertura na Barra. A ideia era vender o apartamento na General Urtiga, manter a loja no Leblon, e morar seis meses na cobertura da Barra. Os outros seis meses, em Miami. Estava tudo planejado: eu e Bebel tínhamos um cronograma para nossas vidas. Éramos um casal, e uma parceria, milimetricamente feitos um para o outro.

Mas havia uma bolota dégradée sobre os ombros dourados da minha felicidade.

Thiaguinho logo fez amizade com Bidu, e os dois se apresentaram ao piano (eles também andavam de skate). Verinha Loyola aplaudia nossas crianças extasiada. A editora de moda da Pet Petit e o pessoal do Canal Cão cobriram a festa igualmente deslumbrados. A Cargill havia caprichado nos brindes. Tudo conforme o planejado, e o Peninha — como sempre meio bêbado e cheio de charme — não poupou os Terriers de suas piadas cheias de segundas e terceiras intenções. Eu acreditei que aquele poderia ser o evento da retomada. Da vida antes do infausto. Até que Bebel e a bolota irromperam. Infelizmente, a palavra é essa: "irromperam". Ela estava radiante, e usava um lindo vestido vermelho que a despia apenas no ombro, adivinhem que ombro?

Os clientes, e os parceiros de amizade, olhavam pra mim desconsolados. Ninguém teve coragem de tocar no assunto. Só o Peninha, que era meu amigo de verdade, me chamou num canto, e disse: "não pega bem".

Aos poucos a festa se esvaziou. Nos dias que se seguiram o movimento na loja caiu vertiginosamente. Eu sabia que era a bolota. Mas não podia falar nada, tive de engolir aquele monstro como se fosse um concorrente da loja.

A partir desse dia, Bebel não disfarçou mais. Assumiu a bolota, passou a cuidar ostensivamente daquela Hiroshima. Chegou a ir ao salão de beleza e fazer um aplique nos pelos grisalhos que brotavam do inchaço púrpura. O zelo e o carinho desmedidos que ela nutria por aquela bolota extrapolavam todos os limites. Os meus limites, a bem dizer. Bebel fazia aquilo para me ofender. A gente não praticava mais sexo, ela repelia qualquer tentativa de aproximação, perdemos o clima. O pretexto era a dor. Ela se ocupava única e exclusiva e obsessivamente da bolota cabeluda. Claro que tinha o lance da dor. Quanto mais doía, e causava desconforto, maior prazer ela desfrutava da bolota. Tudo bem, eu sabia que ela era masoquista. Desde os tempos da dança da samambaia, Bebel sempre teve muito prazer em me dar prazer, e ela precisava sofrer para tanto. Fizemos o curso de sadomasoquismo juntos. Aprendi a bater com força, e a xingá-la de cadela. Não só sofrimento físico, mas psicológico. Uma vez transamos no canil do Pet, na frente do Thiaguinho. Acho que foi o nosso auge. No final das contas, incorporávamos tudo na loja. Sempre pensando nos clientes. Investíamos no futuro. E a dor de Bebel, administrada e voltada (sempre) para a satisfação dos clientes, era apenas mais um elemento da nossa relação. Básico. Depois da bolota, o que era um tempero virou o prato principal. E a dor que nos dava tanto prazer, foi o primeiro pretexto da nossa separação.

Bebel mandou a cozinheira embora, e dispensou a copeira. O chão de tábuas corridas nunca mais foi encerado. Carrapatos e piolhos tomaram conta do Thiaguinho.

Antes da Bolota, eu subjugava Bebel, mas jamais pensei em contradizê-la. Sabem por quê? Porque não havia essa hipótese. Tínhamos um acordo.

Depois da bolota, Bebel é quem passou a dar as cartas.

Até por negligência. O jogo havia virado. Quando me dei conta estava lavando os lençóis sujos de sangue. O sangue que jorrava da bolota. Fedia. Toda noite aquela merda nojenta expelia um líquido amarelado. Era pus e sangue. Era Bebel e sua bolota.

Não dava mais para aguentar. Segui a sugestão do Peninha. Ele me aconselhara no sentido de ser cuidadoso, e dar apenas "um toque nela". Foi o que fiz, procurei ser o mais diligente e respeitoso com Bebel, e repeti as três palavrinhas que Peninha havia me dito na festa do Thiaguinho: "não fica bem".

E não ficava mesmo, na frente dos clientes, a bolota púrpura, violeta dégradée, meio que coroada com aqueles pelos eriçados e grisalhos, não ficava bem. O cliente olhava pra bolota, e associava aquilo a descuido, e logo — da mesma forma que nossos parceiros de amizade abandonaram a festa do Thiaguinho — a clientela que não tinha vínculo afetivo e nenhum contrato conosco, aqueles que vinham de longe e nos procuravam pela grife e pelo nome conquistado ao longo dos anos, também se afastaram do Pet Shop. Sumiram.

A loja era a cara da Bebel, e uma vitrine do que a Zona Sul tinha de melhor a oferecer ao Rio de Janeiro. As pessoas queriam conhecer Bebel para conhecer a cidade. Aquela loja era o Leblon das novelas do Manoel Carlos. Depois da Bossa Nova, e apesar do caos social em que havíamos mergulhado, nosso Pet era só felicidade, era a esperança de que a cidade não turvaria, ficava bem na esquina da Ataulfo de Paiva com a Dias Ferreira. A loja era frequentada por socialites, apresentadoras de televisão, gente de bem interessada em projetos sociais, negros e negras globais, jogadores de futebol e os filhos da estirpe mais nobre da nossa MPB. O Pet era um ponto de encontro das pessoas que realmente faziam diferença na sociedade carioca. Era como se uma blindagem dos anjos de luz protegesse o lugar, o Pet era o prolongamento da cobertura da Barra, da Cherokee, de Miami. Do nosso sucesso.

Não fazia nenhum sentido aquela bolota medonha sobre os ombros da Bebel. Nada fazia nenhum sentido. Só Deus sabe a vergonha que passei. Foram madrugadas e mais madrugadas dirigindo minha Cherokee blindada em expedições suicidas pela Baixada Fluminense. Sozinho. Não me preservava como antes, nem fazia questão de adulterar a chapa com fita isolante. Não. De jeito nenhum. Não era como antes, quando eu e o Peninha íamos à caça, eu na Cherokee e ele na sua Mitsubishi L200 Triton.

Depois da bolota tudo mudara. E nem faz tanto tempo. Há três anos éramos felizes. Bebel tinha acabado de parir o Thiaguinho, eu lembro. Antes da bolota. Eram os tempos da ração balanceada, nosso grande segredo. O primeiro sucesso. O ápice da loja. Thiaguinho foi o primeiro a consumir a ração. Tínhamos que experimentar em alguém. Afinal, sempre fomos zelosos com a nossa clientela, e procuramos a qualidade acima de qualquer coisa. Só depois de um ano, quando Thiaguinho aprendeu a surfar, é que pusemos o produto no mercado. Antes, eu focava na qualidade que ofereceria aos nossos clientes. A caça tinha uma finalidade nobre.

Agora, matava apenas para me distrair, para não ter de encarar aquela maldita bolota. Abandonei a academia. A bolota é que não parava de crescer e mudar de cor... sobre os ombrinhos dourados da minha felicidade, Bebel. Sabe quando a gente não tem mais prazer na vida?

Tive de dar um ultimato. "Na loja, não" — eu disse. Bebel fingiu que não era com ela. A bolota já fazia peso sobre o ombro de Bebel, ela começou a andar arqueada por conta da maldita bolota. Bebel não queria ouvir falar em médico. Aliás, acho que ficou surda para a vida que — apesar do mau cheiro — ainda insistia em nos favorecer no dia a dia. O sucesso da ração balanceada ultrapassara as fronteiras. Em breve exportaríamos para os países do leste europeu, nossas relações com o México e os EUA já haviam se consolidado, e também havia um interesse latente dos japoneses. Ai, essa palavra dói em mim, latente.

Naquela época, eu ainda não havia me desfeito do jet ski e da lancha de 20 pés, e o flat no Resort do Frade era um sonho praticamente materializado.

Bebel e a bolota viviam num mundo alheio. Tive que assumir o apartamento, e o Thiaguinho. Com o Thiaguinho até que foi fácil, era videogame e canil. O problema foi com o apartamento. Mesmo sem ter condições, contratei uma personal-house. Uma arquiteta (ex-amiga nossa) que cuidava das samambaias e da vida que eu havia perdido há quase dois anos, depois que a maldita bolota apareceu. Era um despesa pesada, difícil de bancar. Mas eu não podia entregar minha vida — e as coisas que havíamos construído ao longo de quinze anos, eu e Bebel — para a bolota. Tinha de manter as aparências.

O guerreiro teria de enfrentar as adversidades como se não fossem adversidades, mas novos desafios, era o que dizia o livro do dr. Shinyashiki. Era tudo uma questão de incorporar e devolver ao mercado. E havia chegado a hora de tomar providências. Edu Pena, o Peninha (sempre ele) foi quem me sugeriu *A guerra em você*. Ele também havia se curado de um câncer na faringe usando a neurolinguística aplicada do dr. Shinyashiki.

Ora, eu e o Peninha éramos guerreiros, caçadores. Eu fiel à minha Cherokee, e ele às vezes de Mitsubishi Triton, às vezes na Toyota Hilux D40. Peninha sugeriu uma jaula.

Eu poderia usar o canil do Pet para improvisar. O problema eram os clientes. Em primeiro lugar, os clientes. Com o Thiaguinho até que era fácil, e conveniente. Ele era um fofo, e era branquinho. Os clientes o adoravam, e traziam outros clientes para vê-lo em exposição. Thiaguinho era muito inteligente. Tocava piano, surfava e andava de skate.

Mas e Bebel? A bolota era Bebel. Não era o caso de expô-la. Sangrava, soltava pus, mudava de cor. Fedia. Nem os amiguinhos do Thiaguinho aguentavam ficar perto dela. A mim o que incomodava mesmo — confesso — eram os pelos grisalhos.

A única saída foi construir uma jaula na área de serviço do apartamento da Barra. Longe dos clientes. Bebel havia se transformado num monstro. E lugar de monstro é dentro da jaula. O único hábito saudável que ela manteve dos bons tempos foi a comida japonesa. Pedia "sushi, sushi". O resto eram ganidos, rosnados. Ela e a bolota.

Um ano se passou. De vez em quando a personal-house e a copeira jogavam sushi na jaula da Bebel. E foi a personal quem me chamou atenção para um detalhe. Que não era apenas um detalhe, mas o ponto de partida e de chegada de toda a desgraça que se abateu sobre a minha vida. O esgoto onde todos os outros esgotos convergiam. Bebel conversava com a bolota, e a ninava como se fosse uma criança. Enfiava a ração no ombro, e aquilo lá era como uma esponja, absorvia o alimento. Diabos!

Mil diabos! Ninguém conseguia chegar perto de Bebel, ela fedia muito, vertia uma espuma grossa pelas narinas e tornara-se muito agressiva. Não dormia, passava dias e noites acordada em função da bolota. Às vezes uivava. Ninguém chegava perto, o cheiro acre de urina e excrementos invadia o prédio, e a vizinhança já começava a desconfiar. Se eu não tomasse alguma providência, logo logo alguém chamaria a Defesa Civil, e aí seria o caos. O final do sonho.

Edu Pena, o Peninha, amigo de todas as horas, sugeriu um dardo. O veterinário do Thiaguinho foi quem atirou o tranquilizante. Eu, Peninha, e o veterinário entramos na jaula. A personal-house declinou, pediu as contas. Era demais para ela. E para nós também. A cena realmente era de uma brutalidade e de uma sujeira desconcertantes: muito sangue, vômitos recentes e ressecados, chumaços de pelos grisalhos, urina e fezes. Além disso, cogumelos brotavam das axilas de Bebel, e o mau cheiro nauseante criava uma espécie de campo de força que impedia qualquer aproximação. Tínhamos que resolver a demanda em questão de poucos minutos. Olhei pro Peninha, ele olhou pra mim, e nós dois olhamos para o veterinário.

Não era possível que Bebel esboçasse qualquer tipo de reação ante a dose cavalar de tranquilizante que aplicáramos. O dardo atingira o alvo, e pendia de sua jugular inchada. Mesmo assim ela ameaçou acordar. As patas de trás entraram em convulsão. Uma força sobrenatural a reanimava, tínhamos pouco tempo. Tomei a Beretta das mãos do Peninha, a mesma pistola que ele usava nas caçadas (eu preferia a Magnum), e mirei bem no crânio.

O veterinário apontou para aquele maldito lugar: "O ombro! Olha o ombro!". Sim, vinha de lá. Vinha do ombro de Bebel. Uma voz meio infantilizada, porém claramente saída das trevas, que disse: "Não, por favor. Sou o japonesinho cultural. Não faz isso, me dá sushi".

Ele pediu "sushi" e estava empoleirado sobre os ombros dourados da minha felicidade. Usava óculos tipo fundo de garrafa, de aros grossos e pretos, e até que — apesar do sorriso e do cinismo — era um japonesinho simpático.

NUNCA MAIS O LIXINHO DO BIOMBO

Quando ela me disse que era cabeleireira senti uma felicidade e uma nostalgia infernal dos meus tempos de Balneário Camboriú. Eu vivia nos bailões e arrasta-pés, amava a Marisete e passava invernos tristes na companhia de Ana C., a gata que morava na churrasqueira de casa. O tempo voou e a breguice — infelizmente — também.

Fui uma espécie de fenômeno no curso de Letras. Naquela época eu ainda oscilava entre as tardes de churros com Marisete e a literatura comparada. Tateava. Ao me graduar, procurei esquecer minha origem conturbada de garoto superdotado filho de pais separados, morador do subúrbio. E resolvi assumir a canastrice. Fiz mestrado na Unicamp, e doutorado na USP. Tenho três livros de ficção publicados. Meus ex-orientadores e atuais desafetos, e os professores do círculo de São Carlos, não se conformam quando digo que sou um desabitado. Que sou diferente deles. Um homem de vários mundos e lugar nenhum. Morrem de inveja desse meu lado, como é que eu vou dizer, bem, desse meu lado Caderno 2. Um dia eles entenderão que os superei.

Enquanto esse dia não chega, vou levando minha vidinha adiante. Posso dizer que não está nada fácil administrar minha carreira e abdômen definidos, sou colaborador de vários jornais e revistas no eixo Rio-São Paulo, semana sim e outra também, publico resenhas e ensaios sobre os mais variados temas e contingências, desde a crise no Oriente Médio até políticas de inclusão, sempre comprometido — é claro — com as necessidades do nosso tempo, direitos humanos, fitness e minorias em geral; ah, as minorias: índios, negros, viados, sempre eles. Outro dia descuidei do tom vagamente de esquerda e deliberadamente engajado, e paguei caríssimo pelo erro: tive de ir a uma pajelança no acampamento do MST para me redimir. Não me perdoo por isso. Uma tarde e uma noite inteiras tomando uma bosta de um chá feito com argila de sambaqui. Sabem o que é isso? Terra de cemitério! Não bastasse, o cacique, que visivelmente não foi com a minha cara, ainda resolveu me defumar. Saí de lá parecendo um Chester. Tudo pela correção política. O resultado não foi dos piores: abrimos uma linha de captação com o Incra, e no final das contas agradamos gregos e troianos: além disso, tenho minhas samambaias para regar e as palestras semanais no Instituto Ethos (preciso conversar com o Takeda, meu contador...), ai minhas samambaias, quase que morrem de sede semana passada, tanta coisa; mas digamos que isso tudo é secundário, suporte. O projeto é outro.

No começo, não passava de uma simples consultoria para um banco privado, como tantas outras. Depois, com o aumento da demanda por revisão histórica e um currículo "mais humano" nas escolas da rede pública, o bicho pegou. E ocupou um lugar prioritário na minha agenda; estou falando da coordenadoria do departamento pedagógico de uma editora espanhola poderosíssima. Adivinhem quem elabora as políticas de inserção e administra a carteira da ONG? Parece que nasci para fazer essa ligação. Só no ano passado — depois da visita do rei Juan Carlos — fechamos duas parcerias milionárias que envolveram o Instituto E., o Banco T. e a Secretaria da Educação e Cultura de XY. Coisa de milhões. Eu que fiz a costura, como se fosse o enredo de um romance. Claro, fui promovido, e agora ocupo um cargo no conselho deliberativo do Banco T. Trocando em miúdos: nunca mais precisarei perder meu tempo com mixarias do tipo Lei Rouanet e... Projeto Saci. Tenho urtigas quando lembro disso, e um dia ainda vou me vingar daquele pajé filho da puta que frequenta os acampamentos do MST. Virei um Chester na mão do sacana. Não posso nem ouvir falar em folclore, bumba meu boi, mulheres rendeiras, nascentes de rios, matas ciliares e o escambau. Filho da puta de pajé. Sem exagero, foi uma semana de diarreia por causa daquela maldita pajelança dos diabos. Um dia volto àquela maloca e acerto as contas com ele. Uma semana de caganeira!

Nem preciso dizer que — depois dos contratos que fechei nos últimos dois anos — meu trabalho e a exposição na mídia triplicaram. E os afagos e a violência dos concorrentes também. Inveja. Preciso falar com o Takeda, que, além de meu contador, também é meu massagista particular, guia espiritual refinadíssimo e — pasmem — prepara um sushi delicioooooooooso.

Se eu fosse ser sincero e honesto comigo mesmo jamais poderia dizer "sou um escritor". Todavia o mundo dos negócios é agressivo, Paraty é uma cidade adorável e o nível cultural das nossas "elites" é uma piada, digamos que sim, sou um escritor e um canalha cultivado. Virei um sujeito *cult*, e fui entrevistado duas vezes pelo Edney Silvestre. A primeira foi em decorrência de um prêmio literário muito cobiçado ganho às custas de troca de favores, abraços e beijinhos, e a segunda foi por ocasião do centenário da morte de Machado de Assis, aquele pentelho. Vários intelectuais e personalidades do mundo literário e acadêmico participaram. Evidentemente que me destaquei. No meio de um monte de gente tímida e nerds de todos os calibres e arrebites, não foi difícil. Tenho um certo charme e cabelos longos arredios, uma oratória envolvente e trabalhada para ser despretensiosa (ninguém pode desconfiar disso... ah, eu me divirto) e minha maior qualidade — aprendi com o Takeda — é saber cruzar as pernas em público. Também tenho lindos tornozelos. Não uso meias, e causei frisson até no dia que debati, digo, concordei com as bobagens que um mano retardado do hip hop falava na Casa do Saber. Acho que o nome disso é vocação, tem gente que nasce para jogar futebol, outros para trabalhar em plataformas de petróleo. E *eu achava* que tinha nascido para tomar café na Livraria Cultura.

Edney ficou impressionadíssimo com minha erudição.

Quando Derci me falou que era cabeleireira, pensei comigo mesmo: essa é a mulher da minha vida. Confesso que cheguei até a cogitar em ter me livrado para todo o sempre dos "programas culturais" e especialmente dos cafés expressos da Livraria Cultura. Difícil ia ser passar sem o Takeda.

— Programa cultural?

Eram umas duas horas da madrugada, e o ônibus se aproximava de Registro. Saímos de São Paulo às 22 horas, e até meia-noite Derci, a cabeleireira, desatou a falar uma quantidade tão grande de asneiras que atingi o "orgasmo indiano" duas vezes. A primeira vez — eu tentei e não consegui me segurar — aconteceu quando ela me disse que cuidava do penteado dos membros da Família Lima. E a segunda vez foi dois minutos antes da parada em Registro, na hora em que ela me revelou que falava "vários idioma". Sim, Derci maltratava o português, e também o inglês, o espanhol, o italiano e sabe-se lá o que fazia com o idioma alemão, porque havia morado oito anos na Suíça com um austríaco chamado Günter: aliás, essa história é que me fez reavaliar minhas posições caretas diante da vida, antes e depois de Derci: os dois se conheceram num "barzinho super in" lá no Guarujá, o sujeito chamava-se Günter! Isso tudo, mais os "vários idioma" que ela dominava, sei lá, essa matemática brega me serviu como uma chave, um corte epistemológico ou uma espécie de passaporte da alegria que, afinal de contas, reavivou um tesão antigo... aquele dos bailões e arrasta-pés, o tesão que a academia havia me subtraído ao longo dos anos, era como se Derci pegasse minha libido pelas mãos e dissesse: "vamos dar uma voltinha no parquinho de diversões?". Eu fui.

Claro que fui. Programa cultural? Creio que atingi aquilo que os Maharishis chamam de estágio Kundalini: porque cair na gargalhada e ao mesmo tempo sustentar uma ereção ininterrupta por quase duas horas e ejacular duas vezes sem perder a elegância, bem, é um negócio muito difícil de se fazer, geralmente o cidadão mija nas calças ou tem um ataque epilético.

Ah, quase esqueço de um detalhe. Era 31 de dezembro de 2008, viajávamos junto com uns jagunços que haviam corrido a São Silvestre. A Derci me garantiu que eram heróis, e eu concordei com ela. Todos bêbados, provavelmente correram a maratona com o patrocínio da Velho Barreiro. O Brasil é um país impressionante.

Outro detalhe: me recuso a entrar em avião. E se não viajo de avião tampouco viajo de leito, acho ridículo. Meu fetiche é viajar de ônibus convencional.

Takeda não se conforma.

Se não fosse a gritaria dos Heróis da Velho Barreiro, eu decerto teria conseguido prolongar meu Kundalini até depois de Joinville. Mas estava tudo certo. Eu e Derci nos despedimos em Itapema com um beijão gostoso, com hálito de rodoviária. Peguei o telefone e o e-mail dela, que desembarcou logo que o dia amanheceu.

* * *

O salão da Derci chama-se Art & Stilo, e fica em Valinhos. Num sobrado que ela mesma construiu depois que recebeu uma indenização do Günter. Tem uma história meio nebulosa que envolve essa "indenização", mas deixa pra lá. Pensei muito nesse sobrado. O endereço da minha felicidade, bem longe do "cafezinho cultural" da Livraria da Vila. Imaginei uma fachada verde-limão e um néon meio que obsceno e lúbrico piscando assim "Art & Stilo", "Art & Stilo".

Uma escada em caracol me levaria direto da copa-cozinha para o biombo de depilação. Ah, se eu me acertasse com Derci, viraria um habitué do lixinho do biombo, aquilo ia ser uma Disneylândia para mim; um cesto cheio de cotonetes, restos de cutículas e buços, lembranças úmidas e tristonhas de operárias e donas de casa evangélicas despossuídas dos seus pequenos demônios, tudo isso para mim naquele lixinho do biombo, esparadrapos e guimbas manchadas de batom. As pessoas precisam de arte e estilo para preencher essa bobagem que chamamos de vida, sempre falei isso — com mais sobriedade, claro — nas minhas palestras. Talvez deva acrescentar o lixinho do biombo... as madames aceitam tudo o que falo, e pagam muito caro por isso.

Tive várias ereções pensando na escada em caracol. Derci, a cabeleireira, ia me fazer feliz, ela devia ter aprendido as maiores sacanagens com o tal do Günter. Fico maluco de imaginar o que faríamos atrás daquele biombo, eu e Derci. Nem perguntei por que ela havia se separado do austríaco. A retardada tem uma cicatriz na panturrilha suspeitíssima, coberta com as asas de uma águia da Luftwaffe. Diz que foi o próprio Günter quem fez a tatuagem, imagino que tenha feito a cicatriz também. Tesão.

Voltando ao salão Art & Stilo. Eu tinha certeza que a fachada era verde-limão, depois disso, isto é, lá dentro, seria só felicidade: as clientes e a sociedade local de Valinhos. O biombo de depilação. Nenhuma livraria, nem cafezinhos culturais metidos a besta. Nenhum cinema. E muito menos teatros alternativos. Nem sushis; desculpe, Takeda. Pra ser sincero sempre odiei sushis.

Em Valinhos nenhum pentelho vai querer ser meu orientando, um lugar distante da gente sequelada pela alta cultura. Cambada de ignorantes! Piada! Alta bobagem, isso sim. Uma classe média metida em cinemas, teatros, universidades, agora inventaram cursos de filosofia e Casa do Saber, ah, quanta futilidade, essa gente enfiada nos malditos cafezinhos de livraria, atolados até o pescoço numa ilusão de cultura que nada mais é do que a butique do Genival Lacerda requentada, perda de tempo, falta do que fazer, são todos tão ignorantes ou mais abestalhados que a Derci, essa gente vai às livrarias para tomar cafezinho e — no máximo — sai de lá com a trilha sonora da novela das oito e os livros da Zíbia Gasparetto, embora disfarcem enchendo os carrinhos de CDs de jazz. Arrogantes, pretensiosos. São eles, esse "público qualificado" — essas bestas —, que me frequentam. E eu tiro o dinheiro deles, meto a faca. Minhas palestras são concorridíssimas. Se não fosse o Takeda a me impor limites, sei não. Teria aceitado o convite para ser ministro da Cultura, jurado do Oscar.

Ah, quanta merda. Só queria mesmo é "make love" com a Derci ao som de Bruno & Marrone.

Aposto que os vizinhos da Derci não leem os segundos cadernos, nem consultam os guias ilustrados das sextas-feiras em busca de programas culturais. Jazz? Isso não! Nem fudendo. Pro inferno com "My Funny Valentine"! Quero apenas o amor xucro, e o dia a dia besta e modorrento, um domingo atrás do outro chafurdando no Gugu e no Faustão, isso é que é vida. Não vejo a hora de comer espetinho de carne e tomar cerveja quente em baile de debutante. Especialidade da Derci, aliás, esses bailes.

Fico aqui imaginando as adolescentes se preparando para o baile no Art & Stilo. A valsa. Os quinze anos da gorda mal-encarada. Naquela tarde, a batalhadora Derci, que nem teve tempo de fazer as próprias unhas, prepararia o penteado da gorda mal-encarada (uma coroa prateada na cabeça da gorda), e junto com a gorda, feito uma linguiça, viria uma família inteira dependurada. As primas, cunhadas. A mãe baixinha e estragada prematuramente pelo tempo, e duas irmãzinhas da gorda. Ambas gordinhas. O que mais? Ah, sim, uma irmã mais velha — igualmente gorda. Eu iria ao baile de braços dados com Derci, ela seria convidada de honra depois de um dia de trabalho ininterrupto no salão Art & Stilo.

Depois que fez a cabeça da Família Lima, ela virou celebridade em Valinhos. Entraríamos juntinhos, eu e Derci, no Country Club. E o garçom encheria nossa mesa de salgadinhos e espetinhos de carne. Mais cerveja, garçom. E na tela do salão do Country — ao som de KLB — os quinze anos da gorda mal-encarada em VHS recuperado. Quinze anos. Desde bebê. Um bebê gordo e rabugento. A gorda e o pai (o único magrão no meio daquelas gordas) orgulhoso na Praia Grande, a mãe desde aquela época — meio que derrotada, de maiô preto — ao fundo. Uma mulher triste e aquela areia escura. O céu nublado. E os quinze anos, uma nova etapa na vida da gorda. A irmã mais velha faria um discurso emocionado. Eu e Derci iríamos às lágrimas, ela por causa da nova etapa na vida da gorda, e eu por causa da cerveja quente. Quanta felicidade. A gorda metida num vestido rosa-shocking. A produção toda, desde o cabelo, passando pela maquiagem até o vestido da gorda, obra da minha Derci. Um orgulho só. Sim Derci, ela está linda: se bujões de gás debutassem, a gorda seria a rainha da Comgás.

De repente, um mágico contratado pelo buffet apareceria na nossa frente. E eu que nunca — nessa minha trepidante vida acadêmica — tinha visto um mágico de verdade na minha frente! Um mágico! Só charlatães e picaretas e gente metida a besta, mestrado na Unicamp, doutorado na USP. O mágico pediria para eu escolher uma carta do seu baralho enfeitiçado. Puxa, isso seria o máximo. Eu trocaria todo o meu currículo por esse momento, e puxaria uma carta. "Memorize-a", ele me ordenaria. Quanta emoção. Derci ao meu lado de olho espichado, diria: "também quero ver, eu falo vários idioma". O salão Art & Stilo piscando na minha memória, desde muito antes de existir. Lá no palco a gorda dançando uma valsa com o paizão, completamente constrangido e feliz da vida: "tão servindo vocês direitinho?". Sim, tudo bem, tirando o George Michael que substituiu o Bruno & Marrone no telão, e a cerveja quente e a carranca da gorda, tudo legal, uma noite perfeita. Aparentemente sim.

A noite de Valinhos registra baixas temperaturas, inclusive no verão.

De quente só a cerveja. Agora era a vez de Roberto Carlos, o Rei, no telão. E os reis do baralho na minha frente: o mágico sinalizava dois reis, um vermelho e um preto. Tudo indicava que eu teria problemas com a monarquia.

Qual é a carta? Ah, meu Deus! O que o mágico queria dizer com isso: "Qual é a carta?". Por que ele pedia tanto? A carta que eu vira há poucos segundos e que, agora, não sabia se se tratava de uma carta de baralho ou uma carta de despejo. Que carta? Cinco de copas? Não, de jeito nenhum. Um silêncio de cripta egípcia pairou no recinto, todos olhando para mim, na maior expectativa. Dama de espadas? Ás de paus? Nada. A roda se fechou. O ambiente era crítico, opressivo (e brega). Procurei respostas no lixinho do biombo, revirando cotonetes e guimbas manchadas de batom. Eu precisava resolver o enigma, transpor minhas próprias limitações. Para mim, a situação era uma espécie de rito de passagem, o *turning point* da minha vida. Eu também debutava. Tinha que tirar de letra. Que carta? Por que não me quiseram na USP? Rei de copas? Sete belo? Aquele puto do meu pai havia me abandonado há vinte e tantos anos, lá em Presidente Altino. Minha mãe sempre me acusou de ser um garoto estranho, e agora Derci batia na mesma tecla: me olhava como se eu fosse um ET. Eu, esquisito? Um Chester defumado.

Cinco de copas? Derci olhava para mim desiludida. A gorda debutava. Eu pedia pelo amor de Deus para que o mágico me enfiasse dentro de sua cartola e desse o vexame por encerrado. Mas ele tinha de cuidar do próprio sumiço. Valete de ouros? Nada, nada. Então, num gesto triste e subserviente, o filho da puta do mágico sacou uma rosa vermelha do bolso do paletó, e entregou para Derci.

Em seguida, fechou sua maleta 007, e literalmente sumiu. Uma mistura de incredulidade com um sentimento de derrota e vergonha pairava pesadamente no ar. O único vestígio que sobrara do mágico foi um cartão que deixara sobre a mesa: "A ilusão será tão grande que não seremos mais capazes de distinguir entre o que é real e o que não é" — Steve Williams Jr., mágico, atendo festas infantis, bailes, salão e palco.

Nunca mais — pensei —, nunca mais o lixinho do biombo.

P. S. — Agradeço ao Furio Lonza as conversas que entabulamos no sentido de arredondar e enriquecer esse conto. Valeu, Furio.

A CASA DAS PEDRAS

Até nome próprio e sobrenome a casa tem, os vizinhos a conhecem como "Casa das Pedras". Na verdade, houve uma simplificação. O nome correto — e por extenso — é esse: Maria Esther Casa das Pedras Von Kelsen.

A casa ao lado, onde três pit bulls latem o dia inteiro, também deve ter um nome. Tem um jeitão de Delcídio José Tranquesi. Tentei acalmar os cães jogando tijolos sobre a cerca, era uma forma de dizer que eu era hóspede da Casa das Pedras. Mas os pit bulls não me atenderam; odeio cães — sobretudo os que latem.

A Casa das Pedras foi "pensada" com o intuito de ter personalidade, vejam só. Essa atribuição de inteligência, que aparentemente remete a uma metafísica de decoro, para alguma coisa serviu. Me jogou no túnel do tempo: voltei ao ano de 1972.

A planta da Casa das Pedras jogada sobre a mesa de tampão de vidro, o arquiteto cofia a barba ruiva, e diz: "Muito vidro, e madeira. Vamos integrar a casa com a Serra da Mantiqueira, deixar uma entrar na outra".

O casal que optou por um terreno em Campos do Jordão troca olhares com a amiga decoradora. "As pedras" —

continua o arquiteto — "não são o problema, mas a solução: vamos usá-las como metáfora da casa, assim como a neblina e o verde. A natureza ao redor vai dar continuidade à ideia, e formar um conjunto — é tudo uma coisa só".

O casal não entendeu muito bem, mas achou genial. A decoradora vibrou diante da promessa do arquiteto de fazer o maciço de pedras brotar da sala de jantar.

Depois de todo esse tempo, aqui estou eu: não tenho uma cortina para abrir. A casa é um imenso janelão, aberto o tempo inteiro. Quase um aquário, e eu sou o peixe que busca ar na superfície (que não existe); a claridade é diuturna, isso quer dizer que o sol e a noite são pilares da casa; e a natureza ao redor — para retomar as palavras do arquiteto — "forma um conjunto" que eu, hoje, poderia tranquilamente chamar de "arbitrário".

O exemplo mais nefasto são as araucárias, que têm garras em vez de galhos, e — não bastasse esconder, ou melhor, insurgirem-se contra a serra presumida — ameaçam invadir a casa, malditas araucárias. Vão me engolir junto com o musgo que sobe pelas paredes e a neblina que provoca cegueira (tudo tão próximo). Se não tivesse alugado a casa, e se fosse um dono tardio, a primeira coisa que faria seria derrubar essas árvores sinistras. Mas não ia ser apenas uma queda em cima dos cães do vizinho. Queria ter o prazer de "pô-las abaixo".

Os anos setenta foram os anos da expansão. De troca de lugares, e experiências táteis. Havia brechas generosas, e objetos redondos a serem explorados. Um viveiro (ou berçário) subversivo. O limítrofe era logo ali, e o pretexto da "consciência" e do "corpo" estava na mesma gôndola dos objetos redondos, à disposição. Daí os Peg & Pags da vida: bichogrilices e muita maconha na cabeça das pessoas, eu entendo, depois de trinta e cinco anos, entendo — aqui e agora. O problema é que o arquiteto confundiu o espírito (ou o etéreo) com as pedras do terreno e a vegetação hostil que, enfim, desde sempre estiveram no mesmo lugar. E isso, curiosamente (eis a questão) vai de desencontro às teses experimentais dos maconheiros daqueles tempos, arquiteto e decoradora especialmente incluídos. Por quê?

Ora, é no mínimo esquisito que, no meio dessa concepção "mística" de interação de tudo com coisa nenhuma, o arquiteto não tenha levado em conta um dado primário.

Consta que para abrir "as portas da percepção" o sujeito necessariamente tem de fazê-lo de dentro para fora, e não o contrário. Isso é básico, e é tipicamente humano. Ver através de. Abrir e fechar. Cazzo! Casas têm portas, e janelas para *deixar* o sol entrar! Se eu quisesse ser mais grosseiro, diria: uma casa não é um aquário.

E o pior, o arquiteto descuidou dos espíritos malignos que habitam as matas. Sobrou pra mim. A começar pelas araucárias, que são assassinas em potencial: estranguladoras, essas árvores matam por sufocamento no meio da noite fria, e pior ainda, são premeditadas, dolosas; conluiadas com o vento, assobiam para anunciar o festim diabólico — são elas as espécies mais nocivas da Serra, porque são mafiosas: sobretudo.

Será que o arquiteto não sabia que na mata é que moram a Cuca, e o Saci-Pererê? Trabalhos são feitos, e vodus são ajambrados junto com, sei lá, a Bruxa de Blair. Uma casa — repito — é feita para proteger, não para expor o morador a fantasmas que assombram despudoradamente até durante o dia. Aqui é o lugar deles, afinal são de casa. As assombrações não estão nem aí para esse papo de integração. Nós somos os invasores, e ponto final. Como alguém vai invadir um território vizinho de peito aberto? Sem escudos, muros, cortinas, paredes?

Aposto que esse arquiteto foi criado numa família pacífica, de classe média paulistana, católica, próspera e ordeira; um dia ele se rebelou contra "o aconchego do lar". Traumatizado com as cortinas gordas, de longos babados que pendiam de suportes medievais, resolveu vingar-se. Claro, tinha de sobrar pra mim.

No meio do caminho tem muita pedra, tem uma pedreira de verdade. Depois de trinta e cinco anos, a pedraria não brota, ou "compõe" — estou ouvindo o arquiteto novamente —, não compõe com nada, apenas está no meio do meu caminho, entre o quarto do casal e o banheiro.

O resultado é que ontem à noite tropecei nessa pedraria de merda, e quase quebro a cabeça. Isso sem falar que minha bexiga não quis compôr comigo, e eu mijei nas calças. Eram umas três horas da manhã, devia estar fazendo dois graus abaixo de zero. Não consegui dormir, tive uma alucinação com macacos, e tremi de frio até o amanhecer. Que não amanheceu, porque não anoiteceu. Muito vidro, e madeira — e janelões integrando a paisagem. Ora, se as janelas estão sempre escancaradas, não temos opção de abri-las. Quem não tem janelas para abrir está morto. Nunca estive num lugar onde o "novo, as ideias" fossem tão importunos, datados e ameaçadores. A Casa das Pedras é um túmulo de vidro, onde os mortos não descansam jamais. E tremem de frio, e sentem medo como se estivessem vivos.

Aluguei a casa por um mês. Nos dois primeiros dias tive alucinações e pesadelos com macacos. Ontem desci até a Vila de Capivari, três quilômetros morro abaixo. Comprei queijo fresco, vinho, pão e papel higiênico. A água é da nascente, e — pelo menos — não vai me assaltar feito o motorista do táxi que cobrou XX reais para me trazer de volta, morro acima. Ele conseguiu me assustar mais um bocado, disse que semana passada dois homens encapuzados invadiram a pousada que fica a meio caminho da Casa das Pedras, três casas antes da Delcídio José Tranquesi, a casa vizinha dos pit bulls. Os cães latiram feito loucos, e de nada adiantou. Segundo o taxista, os encapuzados trancaram os caseiros no banheiro, e estupraram a filha deles de treze anos. "Tem muito baiano hoje aqui" — foi o que ele disse. E falou algo sobre "macacos". Nem retruquei, e deixei o fdp continuar o falatório. O taxista passou dos macacos para o crack que havia chegado nas escolas da região. "Ninguém mais tem sossego", garantiu.

"Ah, que bom", pensei. Em seguida, perguntou por que eu havia me hospedado "aí", se referia à "Casa das Pedras". Para encurtar o assunto, lhe disse apenas que carregava caneta e papel, e que precisava de um pouco de silêncio, e tranquilidade. E fiz uma pequena provocação: "Um capuz lhe vestiria muito bem, meu senhor. Até logo". O filho da puta arregalou os olhos, ameaçou abrir o porta-luvas, e disse: "A casa é mal-assombrada, 50 reais".

Aquela história de macacos e assaltantes encapuzados ficou na minha cabeça.

Mas não é nem macaco nem encapuzado algum que se arrasta no forro. Acho que tem um gambá passeando no forro da casa. Estou sozinho e as araucárias assobiam do lado de fora, eu percebo que elas estão tramando alguma coisa. Nessa noite, curiosamente os macacos apareceram outra vez nos meus sonhos. Nem sinal dos encapuzados. Acho que era sonho, não era alucinação.

Quanto ao fato de a casa ser mal-assombrada, o taxista nem precisava me falar nada. Caso contrário, eu não teria vislumbrado a porra do arquiteto nos anos setenta, e os outros três clientes & amigos ao redor da mesa de vidro, e digo mais, o quarteto tinha relações estreitas, que iam além da amizade, e do escritório do arquiteto: localizado à avenida

Rebouças 1.200, quase esquina com a Faria Lima. Eu diria que eram relações íntimas, eróticas, e que se estendiam até a casa de praia em Ilhabela, projetada por ele mesmo, todos o conheciam como Caíto, chamava-se Oscar Rabelo, o arquiteto.

O gambá arrasta-se no forro. Parece gente. Ele arranha feito gente. Onde eu estava? Ah, sim. Na casa de praia, em Ilhabela, 1973.

Os clientes de Caíto — naquela época — tinham casas na praia e no campo. Pois bem, eu dizia que "a ideia" era ficar odara; muito verde, mar, vidro, madeira, maconha e a mata atlântica devia integrar o ambiente, acho que era isso. Qualquer coisa assim, desde que houvesse muita paz de espírito, e a mulher de um amigo pro Caíque traçar, à régua e compasso — fumava *Charm*.

Não sei dizer se tinha um pedraria de quatro metros de altura que separava o quarto do casal do banheiro da casa de Ilhabela, talvez não. Talvez uma duna de areia, um sambaqui ou coisa parecida, mas eu falava que os projetos do nosso amigo arquiteto sem dúvida levavam sua assinatura. Não podemos negar que ele — diferentemente de suas casas — era um sujeito de personalidade ofensiva, e não deixava a bola pipocar na sua área, metia pra dentro.

Caíto morreu num acidente náutico no começo dos oitenta, às vésperas de completar trinta e oito anos, um ano depois de Cauã, seu primeiro e único filho, ter nascido. Foi uma comoção no mundo da arquitetura e do design interativo, ainda nos primórdios. Ele era uma espécie de guia, um farol que iluminava os colegas, e comia a mulher deles. Se facilitassem, comia as filhas e as enteadas também. Jovem, nem quarenta anos, havia sido convidado por J. J. Takaoka para implementar o que viria a ser o primeiro condomínio fechado do Brasil, o Alphaville. Se Caíto não tivesse morrido tão cedo, talvez a história dos condomínios fechados (ideia dele, vamos dar o devido crédito) tivesse sido outra, certamente mais humana, com a natureza interagindo quase que imperceptivelmente junto às grades e sistemas de alarme antipânico, era tudo uma questão de janelões, trepadeiras & rododendros e — claro — inspirar e respirar. Caíto "bolou" um nome genial e visionário para esse projeto: Odara Século XXI.

Infelizmente, não deu para ele. Nem pôde ver o seu Odara Século XXI florescer, nem acompanhou o ocaso do complexo Carandiru.

Sobrou pra mim. Noite passada sonhei que o Rei dos Gorilas descobrira a traição de Monga, sua rainha. Queria saber quem havia comido Monga, a Mulher Gorila. O gorilão traído prometia ir até os infernos atrás do canalha. Adivinhem quem foi? Tenho medo de pregar os olhos.

Mas eu dizia que Caíto era quase um profeta e sua vocação humanista estava muitos anos à frente de seu tempo, desde aquela época preocupava-se com a superlotação das cadeias, vejam só, foi ele também o primeiro a idealizar cadeiões espalhados em unidades pelo interior do estado. Caíto era o nosso Da Vinci na versão Balacobaco. Trinta anos depois, o mundo fashion e a faculdade Anhembi-Morumbi não puderam contar com a presença dele naquela que talvez tenha sido a data mais importante da faculdade desde sua criação. O filho de Caíto, Cauã, iria se formar na primeira turma do curso de Moda. O reitor homenageou o amigo arquiteto, eram colegas da época da FAU-USP. "Uma família de pioneiros" — foi assim que o magnífico reitor começou seu discurso.

Tanto o reitor, como os amigos do arquiteto e os clientes, todos os que participaram de surubas, e aqueles que se abstiveram também, mas todos sem exceção, afirmam convictos que, hoje, Caíto vive em Cauã, um é a cópia do outro. Se fossem construções seriam casas geminadas; o pai projetava cemitérios lúdicos, e o jovem Cauã tinha um futuro brilhante pela frente, vestiria caveirinhas anoréxicas, e milionárias. E como disse o reitor, citando Caíto, "é tudo um prolongamento, as coisas brotam e interagem".

Tinha de sobrar pra mim. Caíto era amante do jovem casal de Campos do Jordão. Ele, publicitário em ascendência, e ela, herdeira de uma tradicional família de pecuaristas, os Kelsen de Araçatuba, e mais a decoradora que eventualmente alegrava as festinhas dos três; muita maconha, *Ideias & Soluções* (esse era o nome do escritório) e verde, integração da natureza com o lavabo e a sala de estar, nenhuma quina da Casa das Pedras escapou dessa "alternativa": muita madeira e vidro, transparência e, na noite anterior, ninguém era de ninguém, valia tudo, no dia seguinte e amanhã e nas outras noites "milhares de possibilidades" se abririam. Assim vivia Caíto, em meados dos setenta: agora o Projeto era a casa de praia de Ilhabela, e ele e sua cúmplice, a decoradora, talvez incluíssem uma variante mais ortodoxa na escala, tipo arregimentar um caiçara e a irmã da decoradora na suruba, ela recém-chegada do Chile e meio que escondida, maior clima de repressão. O "projeto" deles era desreprimir o corpo: na sala, na varanda e longe dos milicos, menos numa casinha de sapé que aí também não ia entrar nenhum para o escritório dele, Caíto.

Nosso arquiteto desreprimido que sabia conciliar Robertinho Freire e Robertinho Setúbal, eram amigos e ambos se frequentavam. Não podia ser de outro jeito. O *métier* de Caíto era construir pontes e integrar, esboçar alternativas e indicar novos caminhos, de preferência com janelões, e juros a perder de vista. Ele era um visionário, e é claro, tinha de sobrar pra mim.

Dei umas porradas no forro com a vassoura, e o gambá ou a tranqueira correspondente parou de encher meu saco. O que o taxista teria querido dizer com "Casa Mal-Assombrada"?

Mal-assombrado é o castelo do Conde Drácula, porra. Tudo bem, as araucárias metem medo, o vento faz um consórcio maligno com elas, e essas árvores amaldiçoadas assobiam e têm garras, o entorno é sombrio, frio e úmido, de gelar os ossos e subir pelas paredes; lá fora a Cuca está na tocaia e o Saci-Pererê está dando risada da minha cara, mas como vou levar a sério a assombração de um arquiteto desreprimido? Para mim, ele e o gambá do forro são a mesma coisa, tô pouco me lixando.

Na quinta noite também sonhei com macacos, só que dessa vez eu era um deles. Vivia alucinado, pulando de galho em galho, desprezava as araucárias e me divertia nos pinheiros, era um macaco dos Alpes, branquelo e fanfarrão, fodia o tempo todo e havia abandonado Monga depois de roubá-la do Rei dos Gorilas (que ainda estava no meu encalço).

Infelizmente, Monga ficou malfalada no meio da macacada. Ela não merecia, na verdade era apenas uma criatura frágil e carente que — como tantas outras — pegou carona no cipó errado. Uma história comum, de crime e punição, de fazer as escolhas inadequadas ao longo da vida, e eu era essa escolha inadequada. Assumo, fui o responsável direto pela ruína de Monga. Todavia não queria nem saber (se não fosse eu seria outro... ela era uma biscate). Daí que continuava a minha saga de pôr chifre nos meus iguais, roubava as macacas dos outros macacos, comia o rango deles e, no final, mandava uma banana para a distinta plateia.

O engraçado é que uma plateia me ovacionava e pedia bis, e a outra plateia me acusava de traição. Isso que me intrigou. O sonho, depois de trinta e cinco anos, devia ser efetivamente uma farsa prolongada. Estou confuso. Não sei dizer se era a plateia de macacos que me acusava de traição, mas tenho certeza que a outra plateia, a de arquitetos, aplaudia e pedia bis — digamos que eu não tivesse confundido os primeiros com os segundos. Isso comprova que entre o quarto do casal e o banheiro "brotou" um maciço de pedras. E logo ao lado, na sala de jantar, um único janelão devia (tinha que) se abrir para a mata, eu apostava que sim. Mas é o contrário?

Ora, se eu estava errado... então existia a possibilidade real de os macacos terem me tomado por traidor? Quer dizer que desde o começo o arquiteto esteve certo? O que vem de fora é que se abre para dentro? Oh, meu Deus. E se ele estava certo... então, oh, meu Deus.

MEMÓRIAS DA SAUNA FINLANDESA

Era como se eu tivesse algo que substituísse Gessy, e o inverno triste e chuvoso que passei em Itanhaém, há trinta e cinco anos. Sim, dava para contar esses anos como se fossem a distância do mar oleoso de Itanhaém até a casa de praia alugada. Podia chamar essa distância de "algo". Com esse "algo" eu não estaria apenas e tão somente trocando o gris e os desvãos pela paisagem, mas também conseguiria sublimar — entre tantas pequenas iluminações — os churros na praia do Gonzaga, e a felicidade da primeira ponta de cigarro fumada aos dez anos de idade, num barco-cassino rumo às Bahamas (depois conto essa história, *It's better in the Bahamas*). Investido de um poder real. Por exemplo, se eu quisesse, atravessaria a neblina que cobre a Serra da Mantiqueira nesse instante — apenas invocando uma lembrança. Falo de ocupação mesmo, e deslocamentos. Outra vez: uma coisa no lugar da outra. Ora, que diabos de poder seria esse?

Solidão. Com o quê, afinal de contas, eu poderia contar senão com minha solidão? Isso mesmo, a solidão. É como se a solidão pudesse suprimir o melhor de mim. Inclusive minhas melhores lembranças. "Isso é muito esquisito, mas pode ser um começo" — foi o que pensei. E um começo sem "o melhor de mim" podia ser um grande começo.

Somente sem o melhor de mim conseguiria lembrar do garoto autista e chegaria ao adulto empacado, sem passar pelo canalha iluminado em que me transformei. Digamos que é o estrategista que escreve esse livro.

Antes de mais nada, preciso dizer que a casa de praia alugada em Itanhaém há trinta e cinco anos fora substituída — como eu já disse — pela solidão do aqui e agora, e por aquilo que chamei de "melhor de mim", portanto esqueçam Itanhaém.

O ponto de partida é o Sítio do Stroeter. Um lugar onde os humores da neblina pairam sobre o peso dos dias, como se esse peso não existisse, nem os dias, como se pudéssemos ser (ou exercer) o devir e, ao mesmo tempo, usufruir da condição de futura transparência. Isto é, como se pudéssemos desfrutar da nossa condição póstuma de fantasmas, porém livres, suspensos de nós mesmos... enfim, estou falando de sair da gravidade, tanto faz se você estiver morto ou se for um passarinho — o que vale é que nesse lugar existe o pressuposto de ser levado pelas correntes de ar, pelas chuvas e conforme as estações do ano. Faz frio.

O Sítio do Stroeter é uma espécie de Spa-Purgatório. A gente fica entre a metafísica e aquilo que o dinheiro pode comprar: um corpo e dentro desse corpo uma alma, isto é, o que nos resta é o lugar-comum seguido do conforto e do privilégio de respirar o ar mais puro da América do Sul, a poucos quilômetros de São Paulo: o sítio tem duas "suítes master", e é equipado com ofurô, sauna finlandesa, lareira, TV ligada no satélite, DVD e cachoeira. Basta dizer que não consegui, e nem fiz muita questão de ligar a TV espacial, nem a lareira: para tanto eu teria de apertar uns três ou quatro botões, e atear fogo em nós de pinho muito complicados. Tenho preguiça da tecnologia, e também me descobri um péssimo homem das cavernas. Ofurô nem pensar. Assim desisti da cachoeira e da piscina. A gripe também atrapalhou. Portanto, sobravam a sauna finlandesa, e minhas melhores lembranças (ocupadas pela solidão, lembram?).

À sauna, portanto.

Antes de tudo, tenho de dizer que é finlandesa. Vou chamar de a Sauna Finlandesa do Stroeter. A antecâmara tem um janelão de vidro que permite uma linda vista da Mantiqueira. Mapas-múndi decoram o local, digamos que facilitam as condições de voo.

A verdade é que fiquei nostálgico. Todo esse cenário, mais as espreguiçadeiras e as toalhas coloridas e os roupões felpudos do Stroeter, fizeram com que eu voltasse aos tempos de minha rica e claustrofóbica infância. Os adultos jogavam pôquer, bebericavam o sagrado uisquinho, fumavam com elegância, e depois da sauna iam tomar uma ducha. Vidão. Hipócritas, porém encantadores. Em trinta e cinco anos, o mundo e o mapa-múndi mudaram bastante. Mas as traições e as mentiras continuam lá desde sempre, como se fossem pontos cardeais — independentes do degelo das calotas polares — e afinadas com os assassinatos e desencontros do mundo atual. Chique, né?

Eu, criança assustada (na mesma Serra da Mantiqueira, só que em Campos do Jordão), achava que churrasqueira, neblina cobrindo a Pedra do Baú, chocolate quente ao rum, lareira e baralho, e principalmente mapas-múndi, eram "coisa de adulto". Isto é, convivia com esses pingentes, mas tinha um acesso duvidoso à neblina.

Era transpassado: uma vez que eu era apenas um pirralho, e os "instrumentos" definitivamente me faltavam.

Sobrava um tesão insuspeito. Também tinha a convicção de que jamais conseguiria ser um adulto, era demais para mim. Isso dava tesão. Tesão que se originava na impossibilidade de pertencer, e, a essa condição de "fantasma" e/ou desaparecimento efetivo, naturalmente sobrevinha uma culpa sofisticada — que não só redobrava meu sentimento erótico, mas sobretudo me apartava do dia a dia. Uma vez que eu — ainda que a contragosto — participava daquilo tudo... vejam só: como criança!

Peter Pan e Capitão Gancho eram farinha do mesmo saco, dois sacanas, não só porque me enganavam (aliás, todos me enganavam...), mas porque estavam aquém das minhas expectativas claustrofóbicas; desde muito cedo eu fui um fantasma aplicado: queria estar no meio das coxas de Maria Stella Splendore, não obstante cavava buracos. Era minha atividade predileta, aliás: cavar buracos na areia do playground: devidamente vigiado por Gessy, a babá negra que me assistia. Ia completar dez anos — fico até constrangido em dizer — e era vigiado por Gessy, minha babá!

Quando saía dos buracos, ia direto para o lombo da Gessy. Assim fiz minhas primeiras incursões no sadismo alheio. Vou deixar isso bem claro, e repito: sadismo alheio. Uma vez que eu apenas montava, mordia e açoitava Gessy a pedidos, os adultos é que se divertiam às minhas custas, eles eram os autores da minha distração. Dos buracos eles não sabiam nada. Eu não passava de um Brás Cubas capenga, e sem autonomia para o desejo. Apenas mordia, açoitava, batia. E Gessy, bom dizer, consentia e era remunerada para tanto. E ela gostava! Empinava o flanco e relinchava, pedia mais: "bate patrãozinho! bate no cavalinho!".

Evidente, abusaram de mim. E daí? Não tenho absolutamente nada do que me queixar. Ao contrário, só tenho a agradecer. Se remoesse o abuso, estaria internado num hospício, ou teria virado um clérigo aeróbico... ou coisa pior. Talvez um nadador.

Ora, sou um "*écrivain*"!, assim é que engano os recepcionistas dos hotéis. Imaginem se eu preenchesse as fichas de hotel assim: "autista que deu certo". Sinceramente, era o que eu mais queria. O que mais eu poderia querer? Aqui, nesse lugar que inventei, tenho liberdade para tripudiar de mim mesmo, virar o mundo do avesso, mentir e dissimular e até ir em busca da verdade (como se fosse um tempo perdido...), aqui, não preciso acreditar em mim, e — às vezes — amparado pela inverossimilhança, dispenso as redes de proteção: posso desdenhar dos céus e sobrevoar abismos infernais, somente aqui, como escritor, sim, porque adquiri essa condição — não é pra qualquer pangaré, vou logo avisando —, tenho autonomia para desejar um bom dia para a morte e para ter ereções ao rezar o Pai Nosso toda santa manhã, sobretudo naquela parte que diz: "Perdoai as nossas ofensas, assim como nós perdoamos a quem nos tem ofendido". Enfim, tirando uns ataques de empacamento ao conferir o troco do sorveteiro, e considerando que estou condenado a usufruir dessa maldita solidão até o fim dos tempos, aqui, não tenho absolutamente nada do que reclamar: "bate, patrãozinho, bate no cavalinho!". Queria poder explicar isso a V., minha enteada...

Onde estava mesmo? Ah, na antecâmara da Sauna do Stroeter, tinindo de lucidez. Os sustos e os sobressaltos da minha infância cobravam a parte que lhes cabia. Era hora de acertar as contas com meu trenzinho fantasma particular: tive a convicção de que a Mulher Gorila ia aparecer na próxima curva, esse era o truque, ela não ia escapar da jaula, mesmo assim eu morria de pavor. Era o vaivém serpentário do porão. O ranger dos carrinhos nos trilhos exatamente na hora em que os mortos-vivos saíam de suas sepulturas (aos gemidos!), desde sempre os malditos íncubos a me atazanar, a cada monstro deixado para trás um tranco, a certeza de que eles voltariam na próxima curva. Eles sempre voltaram. O boneco-vampiro virava o rosto na minha direção, e logo se escondia, filho da puta. De ponta-cabeça os cabelos de piaçava da Mulher Caveira raspavam na minha testa, era o sexo desfrutado no Parque Eletrônico Futurama, em 1972. Isso era legal.

Será que a Mulher Caveira casou, teve filhos? Desde aquela época sempre cultivei uma ternura especial pela Mulher-Caveira e por Gessy, desejo tudo de bom para as duas.

Todavia o Menino Frankenstein anunciava a curva fatal logo em seguida, nada de trégua. Nós, os passageiros das trapaças, seríamos jogados contra a parede, nesse instante, antes da colisão, as almas penadas insurgiam-se às gargalhas nas profundezas da breguice que era aquilo tudo...

O problema é que sempre tive a alma livre (embora travada), e os íncubos e as demais almas agônicas nunca me perdoaram por isso, eles jamais suportaram minha liberdade, nem eles nem meu irmão; no mesmo carrinho, ele se conluiava às quimeras e anunciava a colisão que, no entanto, jamais acontecera, desse modo fazia, fez — e faz e fará para sempre — com que meus pesadelos fossem muito piores, porque jamais abri os olhos no trem-fantasma.

As almas suplicantes sabiam do meu pavor, e me sacaneavam. O que eu podia fazer senão entrar nos carrinhos e desafiá-las?, e elas se divertiam com a minha impotência, sabiam da minha derrota de antemão, dos meus olhos fechados com força. Não conseguia abrir os olhos no trem-fantasma, nem quando cavalgava Gessy.

Até que abri, depois de trinta e cinco anos. Eu estava lá na Sauna do Stroeter, com os meus sustos e sobressaltos devidamente administrados. O mapa-múndi decorava o ambiente. Pela primeira vez, eu estava, ou melhor, fazia parte de um trem-fantasma verdadeiro acompanhado de fantasmas verdadeiros (agora meus pares)... e do lado de fora do janelão, no pós-sauna "is anybody out there?", havia sim, a solidão, que abarcava o que eu tinha de mais precioso: todas as travações e o tempo jogado fora — o azul do desencanto pleno; e havia a neblina que cobria a Serra da Mantiqueira junto às minhas piores lembranças: como se, durante todos esses anos, um crime imprescritível pairasse sobre os meus pequenos cemitérios. A sensação era de paz.

A TROCA PERFEITA

"Eu achei que te conhecer fosse ser um oásis de alívio, mas entendi que minha experiência de vida é ainda mais atormentada que a sua ficção."

G. Gold

Tudo bem, eu sabia que não ia encontrar a garota de 1990, mas aquela imagem era muito tranqueira. O Google não perdoa. O crédito da foto chamava a putaria de "show" — menos mal, pensei: — se chamasse de "performance" aí é que eu não iria (nem fudendo) ao encontro marcado no "bistrô". Bistrô é o meu cacete, morada do caralho!

G. Gold rodava seminua sobre si mesma, chutava um coelho. Num texto recente, eu havia lembrado da década grunge e não entendia porque aqueles anos me remetiam à autonomia e à alegria das tetas em geral e, em particular, — eis os fato: — me remetiam aos humores das tetas de Giovanna em pleno *Pantanal* reprisado vinte anos depois, acho que foi isso. Só que, no caso de Giovanna, em vez de "seios", meio que me empolguei e falei em "peitões".

G. Gold fez sucesso na mesma época em que eu descobri o sexo tardiamente. O sexo da Marisete. Em 1990 aprendi a chupar buceta. Também, naquele começo de década, aproveitava a boa vontade das musas e brincava de escrever sobre tragédias que não havia vivido; *hoje acontece exatamente o contrário*. Enfim. O fato é que G. Gold pelada me despertara reminiscências dos últimos tempos da minha pior solidão.

À época, Giovanna me fez acreditar numa porra-louquice divertida, coisa que eu jamais consegui vislumbrar — apesar da campanha obsessiva — numa Leila Diniz, por exemplo. Para mim, ela era uma moleca refratária à sacanagem alheia. Talvez fosse essa peculiaridade que me levava — apesar do sexo — a me identificar com suas tetas livres e alegres. Podia ser coisa da minha cabeça. Talvez fosse o personagem matuto que ela incorporava em *Pantanal* e que acabou me convencendo, sei lá.

Mas era como se ela fosse a inocente da suruba. G. Gold trazia consigo a alegria da mulher pelada. Quanto à solidão... bem, a solidão de que falo não era do sexo, nem da putaria — essas coisas, para mim, sempre se resolveram mediante paga e a respectiva culpa no dia seguinte; quando eu digo "minha pior solidão" quero dizer que sofria da solidão que me subtraía o desapego e a alegria. Daí que G. Gold — aos meus olhos — naquela *Pantanal* de 1990, fazia o contraponto possível e me garantia o espelho, isto é, ela era exatamente o meu contrário. Temos quase a mesma idade.

Marisete tentou ser cabeleireira e acabou se estabelecendo no ramo da massagem tailandesa. Chiquinho Paes — o maluco que aparecia na foto do Google bebendo o mijo de Giovanna — é autor de uns versos excelentes, viajou na maionese antes de a maionese desandar, e se recupera de si mesmo aos trancos e barrancos — nem precisa dos dentes para contar a história.

Eu sou remanescente de um tempo cujas notícias tinham uma distância a percorrer, e eram trazidas pelo correio, sobrevivi aos noventa e publiquei meu primeiro livro no final da década — repito — que suicidou Kurt Cobain de tédio. Hoje moro no Grajaú, zona norte do Rio de Janeiro. Depois de vinte anos ainda não destravei e, se não bastasse, me viciei em internet. Não consigo passar uma hora sem conferir e-mail, marcelomirisola@yahoo.com.br, orkut, twitter, essas bugigangas todas.

No começo achei que era spam. Ia apagar sem abrir. Mas era ela mesma, *la* Gold, me corrigindo com relação aos seus "peitões": dizia que tinham vida e humores próprios sim, conforme eu havia especulado; porém, ao contrário do que eu afirmara, e aí eu errava feio, não eram simplesmente peitões, mas sim "duas peras honestas que se manifestam independentemente do resto do corpo, em relação ao ser amado, isto é, eles têm vida própria e expressam alegria e tristeza, entre outros sentimentos".

Achei bonita a correção de Giovanna, sobretudo quando acrescentou "entre outros sentimentos". E, apesar do que vi no Google, marcamos um encontro. Apareceu de chapéu. Até o final da primeira garrafa de vinho, o chapéu a protegia da minha curiosidade. Giovanna somente deu uma relaxada depois que eu lhe garanti que, além de ser um cara que escrevia crônicas vagabundas num jornal gratuito, também guardava uma ligação íntima com coelhos chutados.

Foi uma ginástica para chegar a esse ponto. O problema agora era convencer a mim mesmo. Da minha parte, demorava vinte anos a cada gole de vinho para tentar me aproximar e/ou juntar as peças de demolição daquele quebra-cabeça infernal. No começo, não podia fazer nada diferente de usar as entrelinhas e mentir pela metade: disse que batia punhetas para ela. Não era só isso, claro. Tinha que me aproximar pelo lugar-comum, não havia outro jeito. Especulei sobre obviedades, e — estranhamente — consegui esconder minha travação sem muito esforço.

A personagem de G. Gold é que — ainda — não estava 100% à vontade. Bem, eu segui a trilha dos coelhos chutados (e a trilha das paradas de sucesso) e cheguei mais perto quando fui mais claro e ululante: a vida, eu disse, é uma garapa.

A vida de todo mundo, ela acrescentou e fez um reparo: aqui no Rio o nome era caldo de cana.

Giovanna parecia gripada, pediu o cardápio. Aos poucos comecei a entender algumas perfurações na alma que se debruçava sobre o cardápio bem ali na minha frente: maus-tratos, canalhices, estupros e as decorrentes sequelas que acontecem na vida de todo mundo ao longo dos anos (a garapa) e que — especialmente nela — eram explícitas e pronunciadas no nariz que não parava de escorrer.

A "rinite crônica" era tudo o que ela tinha para se defender. Aqui entre nós, não era o melhor disfarce — apesar disso, eu fiz questão de aceitá-lo por conta da graça e da tragédia implícitas na oferta. Se é da natureza das atrizes querer enganar, que me enganasse. E ela ainda era mulher — e com o agravante de continuar em forma. Uma linda mulher. Ou seja, G. Gold não tinha por que confiar em mim.

Todavia, no caso de *la* Gold, era impossível disfarçar o rombo por conta da leveza que pairava sobre ela como se fosse uma nuvem negra que, no final das contas, a absolvia (?) do crime de ter querido ter luz própria. E o pior. A maldita leveza também a absolvia do crime de ter vivido em estado de graça e exuberância no meio de porcos e poetas, ou vice-versa. Tanto faz. Eu contabilizava o resultado macabro dessa matemática, e pensava comigo mesmo: garapa. Antes que ela advogasse em nome das "musas", antes disso, mudei de assunto. O que eu tinha diante de mim já era mais do que o suficiente.

Chiquinho Paes ia e vinha na minha memória feito um carrasco sem dentes amasiado com a peste, ele e todos os fantasmas que atravessaram a vida de Giovanna. Um trem-fantasma, aliás, digno de antologias e homenagens e de todas as bolsas Petrobrás que provavelmente iriam ganhar pelo conjunto da obra. Aos vinte anos ela dividiu apartamento com Caio Fernando Abreu e Sérgio Bianchi. Não é nada pouco, convenhamos.

Pedi um spaghetti aos frutos do mar. O problema eram as azeitonas chilenas que vinham junto. Recusá-las era um ato de resistência, uma questão de sobrevida para ela. Não discuti. Ela decidiu trocar as azeitonas por alcaparras, e me ensinou que alcaparras eram brotos de flor que haviam sido colhidos antes de existir. Mas que — apesar de tudo — ainda serviam para alguma coisa e, no final das contas, tinham lá o seu mistério e utilidade. Essa analogia foi espontânea. Eu juro. E Giovanna realmente foi sincera na hora em que me pediu para encher seu copo de vinho, como se pedisse um tubo de oxigênio na traqueia. Também me falou de confusões imobiliárias e amorosas e de um período turbulento que passara na Argentina com um diplomata arrogante e cheio de charme.

Eu pensava na minha vidinha simples e sem sobressaltos. Nas noites que morria na frente da televisão, sonhando com tetas. As mesmas tetas que, ao contrário dela, estavam bem ali na minha frente à la carte, prontas para brincar de ciranda-cirandinha com a minha imaginação esgarçada e igualmente ultrapassada pelo tempo. Nesse instante ela me falou de seu "Gold Show". Uma farsa mezzo *commedia dell'arte*, mezzo sobrevivência a qualquer custo. Em princípio, ela seria o Arlequim. Isto é, entraria em cena com a sensação de urgência absoluta. Lá perto do bistrô onde jantávamos, na Casa da Fonte da Saudade, onde ela morava e havia muito aguardava pelo despejo. No "Mundo Gold" — segundo me garantiu — os conceitos de moralidade não existiam. Nem as maldades mais óbvias, uma vez que se tratava — fez questão de enfatizar — "Do Mundo Gold. Uma farsa por excelência".

O Arlequim — ela dizia — é uma mistura de ignorância, simplicidade, ingenuidade e leveza. É ao mesmo tempo servil, leal, paciente, crédulo e apaixonado. Além disso, a farsa Gold continha outros cinco personagens-surpresa. Às vezes ela desempenhava o sexto, dependendo do tesão do grupo. Trocando em miúdos, tudo ia depender de a gente combinar antes, e agendar. E tinha mais. Os convidados desfrutariam das instalações, do figurino exclusivo de *la* Gold, e — dependendo do interesse que evidentemente variava de grupo para grupo — os "atores" poderiam interferir naquilo que ela chamou de "escala dramática". *Work in progress*. Tudo podia acontecer, ela me falou em grupos mais caretas. Outros mais descolados, geralmente quatro casais era a audiência ideal. Eu me encarregaria dos arrebites e de fazer os contatos. Sim, claro que sim. Vou chamar meus amigos. Logo eu, logo eles.

Entre uma garfada e outra no spaghetti marítimo percebi que o nosso prazo de validade havia vencido. Confesso: fiquei com medo, apavorado. Nesse ponto, entramos num acordo tácito, pela segunda vez. Giovanna apontou para a colher de prata que acompanhava o garfo e a faca, e disse:

"Uma amiga italiana, Nicole, me garantiu que essa colher é coisa de principiantes. Não serve nem para enfeite."

"Também acho."

"Geralmente quem usa, pendura o guardanapo no pescoço."

"São os que entendem de vinhos"

A cada troca de olhares ou coincidência de ponto de

vista, Giovanna se aproximava mais de mim. Já havia abandonado o chapéu. Perguntei se queria um pouco mais de macarrão. Ela disse que sim. Caprichei no molho, peguei de uma só vez uns cinco camarões. Giovanna riu. Eu também. Nós sabíamos que os tipos que entendiam de vinhos também eram os mais bregas e arrogantes. Estava implícito. Ela acrescentou:

"Esses — por incrível que pareça — são os mais fáceis, sabia?"

"Mais fáceis?"

"*Voilà, monsieur écrivain!* Os mais fáceis porque são os mais frágeis e carentes, eles não fazem questão alguma de economizar nas despesas."

Não sei por que havia esquecido da pimenta. O molho marítimo é quase que inviável sem pimenta. A falta nos pegou no contrapé, eu me surpreendi pelo tanto que conhecia e desconhecia aquela mulher, ela deve ter tido um pressentimento parecido. Pela reação, acho que sim. Então eu disse: "Tirando a pimenta". E ela emendou: "Pois é, a pimenta".

Arrematei: "A troca que você sugeriu foi perfeita".

"As alcaparras, né?"

Sim, as alcaparras no lugar das azeitonas.

Segunda parte

Seis vezes Cacá

OLHOS DE CAIS

Já havia abandonado uma ilha que tinha nome de mulher, abandonei uma cabeleireira que foi meu picirico e que morreu de Aids nos anos noventa, o gosto por lugares bregas e queijinhos derretidos, havia abandonado uma vida de miojo e casa de praia, e até uma gata rajada, Ana C., que morava na churrasqueira dessa casa, eu abandonei; jamais tive vocação para ser enseada, eu tinha de ir antes de eu mesmo virar uma carcaça de cavalo abandonada numa praia deserta — ao sabor das ondas, não. De jeito nenhum. Traí a paisagem e também abandonei amigos queridos e equivocados, e a impressão era de que os havia gastado, tanto as situações como os amigos e os lugares, lugares onde eu havia imaginado passar o resto dos meus dias, acabaram para mim, sumiram da mesma forma que apareceram, e quando eu usufruía deles, era sincera e displicentemente para sempre; assim, consegui trapacear dois diabos quando enganava a mim mesmo, e também levei uma escuna à pique, eu sei que afundou, juro!, mas eu estava longe, nem o ocaso da escuna, nem Ana C., a gata abandonada na churrasqueira, nem o beijo que ganhei de uma cega no ponto de ônibus, nem a solidão dos demônios abandonados na encruzilhada, nada havia sido o suficiente para me segurar, sempre parti e os bares quebravam quando eu já tinha dado o pinote, desavisado, eu, o mochileiro metafísico, seguia o caminho, e até dos crimes que cometi ao longo dessa jornada fui absolvido, por desatenção, sim, inclusive havia cumprido várias penas, e havia me regenerado somente para poder reincidir em crimes muito mais graves, e seria condenado do mesmo jeito: sem me dar conta, inopinado, alheio (como se isso fosse possível, como se não fosse comigo); para mim, bastava jogar minhas tralhas na mala e partir, assim deixei para trás o pior e o melhor dos meus dias, e escrevi tudo isso para esquecer de mim mesmo ou para zerar as coisas e começar tudo outra vez. Eu era um Sísifo em estado de graça e debochado, e sempre tive uma péssima memória. Esse era o meu salvo-conduto, o caminho estava aberto, e eu podia seguir em frente. Também fui abandonado, bom que se diga. Até nesse momento (sem saber) eu seguia meu caminho, porém parti a contragosto, e percebi — pela primeira vez — que a coisa era comigo, afinal.

A lista de abandonos é imensa, quase sempre fruto da escolha sabida e antecipada de antemão, não só da minha parte, mas também da escolha dos outros que me deixaram no meio do caminho. Vários abandonos, aliás, frutificaram desses enganos — aqueles de encontros que jamais deviam acontecer — e que mereciam mesmo ser deixados na poeira dos dias e esquecidos para sempre, como foram. Embora tivessem frutificado. Tive encontros que eram continuidade desses abandonos, e partidas que eram prenúncio de novos abandonos. Mas isso tudo tinha uma razão de ser. Esse "ir" — eu acreditava — existia em razão de dois grandes encontros.

Ou dois equívocos. O primeiro encontro foi marcado com o garoto triste que cavalgava faxineiras, e olhava para baixo. Ele sabia (mas não tinha como auferir) que um dia se transformaria em seu próprio carrasco, ou biógrafo, tanto faz. Esperou trinta anos. E fez a parte dele: assassinou quem mais amava, e a si mesmo, e enfim encontrou o adulto que desde cedo o envelhecia e o assombrava impiedosamente. O garoto pressentia que nessa ocasião fecharia o ciclo, e morreria em paz. Estava enganado, claro. Encontrou comigo. Virou um fantasma da própria assombração, e sua condenação foi não ter morrido. Pobre garoto. A partir daí apostou/apostamos todas as nossas fichas no segundo encontro. E aqui não dá para deixar de ser brega, patético e açucarado. Mas é o fato: eu sempre fui, eu "ia" e vou?... ao encontro de um grande amor. Eu e o garoto. Nós dois, somados a uma fraude que tinha de ser vivida, e, no limite, tinha de ser provada até os estertores de um novo equívoco.

A diferença é que agora não mais acertaríamos as contas com fantasmas e fraudes consumadas, teríamos alguém de verdade no meio do caminho para abandonar. Uma coisa que me perguntei, e que os leitores devem estar se perguntando, é o seguinte: como é que eu podia saber que dessa vez era mesmo de verdade?

Vou fazer um pequeno parêntese (quase um haicai) e tentar ser o mais ululante possível. Ela fritou rabanadas pra mim no natal de 2006. Entenderam?

E tem/ou tinha os olhos de cais: desde a primeira vez que a olhei vi a despedida que me denunciava em seus olhos, aqueles olhos que Vinicius de Moraes tão bem descreveu: *"Que olhos os teus/ São cais noturnos, cheios de adeus (...) quantos saveiros, quantos navios/ Quantos naufrágios, nos olhos teus".*

* * *

O restaurante quase vazio. Apenas eu, um garçom careca que dobrava guardanapos, e um casal de namorados à minha frente. Pensei na letra do Vinicius, e tentei em vão afastar o João Bosco que interferia na paisagem. Mas era tarde demais, e a interferência não era tão descabida assim — nesse momento divisei luzes vermelhas sobre boias amarelas: uma espécie de sinalizador em alto-mar, que afinal cumpria sua função. Orientar os afogados. Tive a convicção de que estava irremediavelmente perdido naquele restaurante. Triste como tinha de ser porque estava num cais que só existia em função da despedida que eu havia inventado para mim mesmo. Várias imagens me ocorreram. Um veleiro bêbado que partira e que havia me deixado em vão, sem um cais para voltar. Em seguida, eu era a própria onda e a espuma da minha memória. Sem lastro, e com o cardápio na mão. Isso tudo e mais gaivotas suicidas que se espatifavam nas vidraças do Planeta's, o restaurante em questão — na esquina da Augusta com a Martinho Prado.

O casal de namorados à minha frente. Os dois se bicavam o tempo inteiro, um passava manteiga no pão do outro, maior grude. Pensei: "Vai acabar". Depois vão se aborrecer, e aí — se houver amor mesmo — amanhã o sujeito vai estar aqui na minha mesa, e a mulher de preto terá ido embora, de táxi. E então, num lugar não tão distante, o fantasma da mulher, linda e de óculos escuros, fará perguntas tolas a si mesma. Perguntas distraídas, que por breves momentos de entorpecimento serão trocadas por um sapato caríssimo parcelado em cinco vezes no cartão de crédito. Mas era entorpecimento, não era felicidade. Isso quer dizer que, se não fosse a cara de besta que ensaiaria na hora de pedir uma mousse de chocolate para a mocinha do outro lado do balcão, ela quase poderia se dar por satisfeita. Um lindo sapato numa sacola cheia de compras.

O que mais uma mulher poderia querer? Ora, a felicidade, e mais uma mousse de chocolate.

Claro que ela não ia obter nenhuma resposta às perguntas tolas que fez a si mesma. Nesse momento — na terceira mousse — remoeria saudades e um bocado de mágoas. Se houvesse amor e se houvesse beleza, as mágoas seriam quase proporcionais às saudades, acho que sim.

Ah, Cacá. Me recordo da última vez que jantamos naquele mesmo restaurante, curiosamente na mesma mesa em que o casal — entre um pão com manteiga e uma azeitona — se mordia feito dois chimpanzés.

Naquela ocasião, lembro como se fosse hoje, Cacá me cobrara: "Você nunca mais falou aquilo". "Aquilo" o quê? Do que será que ela reclamava?

Nós — nem em momentos de febre alta — havíamos passado manteiga um no pão do outro. A única coisa parecida foi o mel que Cacá despejara no meu waffles de chocolate. Se bem me lembro, ela estragou a parte preferida do meu café da manhã. O que ela queria ouvir?

"Você é um charlatão" — me acusou.

Fiquei todo orgulhoso de ser acusado de "charlatão". Mas o que ela queria ouvir? Cadela, putinha... abre as pernas que eu vou te arregaçar? Te amo?

Nada disso. De modo que fui igualmente generoso nos xingamentos e nos mimos, até chegar a um ponto em que meu repertório praticamente se esgotou. Nesse ponto, ela foi enfática: "Lembre-se que você é um cara romântico, mas não é melado".

Ah, claro que sim, a tatuagem. A frase gravada bem ali no último ossinho do cóccix. A frase que eu — assim, sem querer — havia falado junto ao pedido de outro waffles: "Por favor, garçom, traz outro waffles pra mim: '*quem ama não pechincha*'".

O fato de eu ter lembrado disso na hora que vi o fulano reclamando da conta, me sugeriu um belo e definitivo e inapelável final de caso para eles. Desejei pôr do sol e gaivotas para o casal apaixonado.

— Os olhos teus são cais noturnos, cheios de adeus.

Em seguida, para contemplar o naufrágio bem ali na minha frente, chamei o garçom e perguntei o resultado do jogo de futebol, e ele — já prevendo outro naufrágio — me sugeriu mais uma taça de vinho. "Só se for tinto e seco", respondi.

E pensei comigo mesmo: "podia ser o último brinde".

ENGUIÇADO

Entendi uma coisa. Sair da vida dos outros é um exercício imposto pelo caminho. Às vezes a gente escolhe sair. Às vezes é jogado fora pelas circunstâncias. De qualquer maneira, sair da vida dos outros é uma etapa que vem antes de a gente sair da própria vida. Daí a felicidade e a tristeza de seguir em frente. Antes do ocaso, antes de qualquer coisa — antes e depois dos sustos — existem as lembranças, e depois a solidão plena.

Nesse ponto (se se for corajoso) não há nada que se possa fazer para voltar atrás. Caso contrário, há que se enganar. E para tanto existem várias gambiarras e deslocamentos. Por exemplo: trocar a solidão pelas lembranças, e uma lembrança por outra lembrança. Isso pode ser perigoso; corre-se três riscos, o primeiro é o de submergir num passado improvável, o segundo de projetar-se para um futuro igualmente incerto. E o terceiro, é o mais perigoso de todos: corre-se o risco de ficar xarope. Mas também podemos nos divertir, nos distrair antes do fim.

Agora, por exemplo. Eu poderia colocar Cacá no lugar da minha mãe, 30 anos atrás. Penso muito na Cacá. E o que me ocorre, em primeiro lugar, é que esse tipo de comparação é uma idiotice para o consumo alheio. Sobretudo para ela, Cacá. Nenhuma mulher gostaria de servir de estepe e/

ou ser substituída pela mãe do sujeito. Isso é um verdadeiro atestado de incapacidade funcional. Básico, freudiano pocotó.

Mas para mim faz sentido. E é exatamente do que se trata. Uma vez que é mais do que uma comparação, é pré-condição para a minha saída de cena definitiva: como se eu pudesse fazer uma gambiarra com Deus.

Sou um cara empacado por excelência — e nisso reside grande parte do meu charme. Por incrível que pareça, somente desse jeito, empacado, consigo cometer meus sofismas e às vezes emplacar alguma obra-prima; empacado, consigo dar um passo adiante, ou pelo menos me engano no sentido que saí do lugar. Quando empaco não estou sozinho.

A questão não é 100% "cerebral ou psicológica": às vezes eu consigo despistar a mim mesmo, e até faturo um dinheirinho com isso, quando deixo de ser um grande escritor e me transformo (ou melhor, me "disfarço") num grande filho da puta. Via de regra perco o controle — e misturo as coisas, e meto os pés pelas mãos e faço um montão de cagadas. O resultado me satisfaz, não vou negar. Posso não ser 100% filho da puta, mas burro não sou.

Via de regra meus maiores problemas são as melhores soluções. Vejam só a questão do convívio social. Não consigo desempenhar o papel do cara que vai à praia, e lê um jornal sossegado enquanto a mulher toma sol, e a enteada brinca na areia. Quase impossível comprar biscoitos de polvilho, e passar o bronzeador nos ombros da mulher. Embora eu faça tudo isso, e tenha um tesão infernal por melecar ombros femininos, embora engane a mulher e sua linda filha, e o vendedor de biscoitos de polvilho também, não consigo me enganar a ponto de separar essa situação da mesma situação vivida pelo garotinho que há trinta e cinco anos cavalgava a babá, e que jamais interessou-se em construir castelos de areia à beira-mar: aliás, é muito confortável dar de ombros para o ridículo alheio, e viver uma vida de autista quando se tem nove anos de idade.

Eu usava e abusava da minha condição de "esquisito" — e se Gessy, a babá negra que cuidava de mim, não tivesse morrido... eu não iria, ah, não mesmo, não iria me dar ao trabalho de escrever livros. Ah, o lombo da Gessy...

Não estou dizendo que queria substituir mamãe e Cacá por Gessy... aí também seria demais, e seria o ideal.

Também não quero dizer que continuo o mesmo garoto empacado — que apenas se interessava em cavar buracos na praia, e nos cercadinhos/chiqueirinhos que frequentava —, mas digo que entendi porque ele-eu-o-outro cavava aqueles malditos buracos: de certa forma, o garoto sabia que nunca sairia daquele lugar, ele havia se enterrado fundo demais, e sabia que um dia, ele mesmo — pobre garoto — ia comprar Chicabon para uma linda garotinha, sua enteada, e que ficaria paralisado diante do sorveteiro porque não era ele quem comprava aquele maldito sorvete, mas seu Pai, os dois, ele e o Pai, eram iguaizinhos, a mesma incapacidade e a falta de jeito para conferir o troco, trinta e cinco anos depois, tanto um como o outro — inapelavelmente — seriam enganados pelo sorveteiro.

Todavia, agora era minha vez. O sorvete derretia, a garotinha estendia os braços, e ele olhava pro sorveteiro e pra garotinha, e não sabia o que fazer. Não dava para esconder o vexame. E não era só o sorveteiro e os adultos que o enganariam no troco, mas ele mesmo, travado (sabia que o troco não conferiria): não fazia a menor ideia de onde enterrar a própria cabeça na hora de auferir o prejuízo. Peraí, vamos por partes. O prejuízo propriamente dito, é uma bobagem; o que o dilacerava, em primeiro lugar, era a incredulidade de estar no lugar errado, e depois a lucidez e depois a certeza de saber efetivamente qual era o lugar certo (ou o lugar menos improvável); essa era a principal diferença dele para o Pai, este não só se deixava enganar com prazer como desfrutava da condição de trouxa de peito aberto, e orgulhoso.

"Trouxa", é bom que se diga, mas credor de uma contrapartida; vale dizer: a mãe do garotinho transido que, além de se deixar lambuzar de óleo de cenoura, não era a mesma mulher (ou era?) que me pedia ou pedia para ele — depois de trinta anos — passar bronzeador em seus ombros: como se nada tivesse acontecido e acontecendo, como se a praia fosse um imenso cercadinho de adultos, e ele sabia que infelizmente não era esse o caso.

Onde se enterrar?

Ele não era o Pai, e Cacá não era sua mãe. Muito fácil e conveniente, aliás, quando a contrapartida — no caso do Pai — era desfrutar distraidamente do absurdo da convivência. E agora, o que fazer diante do sorveteiro e daquela linda criancinha dependurada em seu pescoço, que o chamava de Pai?

* * *

A primeira providência foi comprar uma agenda para V., a garotinha. E deixar os encaixes por conta dos desconcertos do dia a dia. Vale dizer: deixar que os milagres acontecessem à revelia, e se possível manter uma distância segura para que esses milagres não o paralisassem completamente. Claro que era demais para ele, que ele não conseguiria.

Sabem qual foi a primeira coisa que a garotinha escreveu na agenda, e a pedidos? A data de aniversário dele: "Tio M., que dia você faz aniversário?". E ela anotou, com aquelas letrinhas redondas e demoradas: "9 de maio". E depois, anotou o dia do aniversário dela: "11 de agosto", e disse: "Meu pai também faz em agosto. A gente pode ter dois pais, tio M.?".

Saudades da solidão de antes, uma solidão irrecuperável. Que pedia exatamente aquilo que o desconcertava no dia a dia. Em todos os aspectos: sentimentais, sociais, de convívio genérico e íntimo; atravessar a rua e ir comprar pãezinhos já não era algo tão prosaico e, ao mesmo tempo, determinante como antes, mas uma atividade improvável e comprometedora, cujo pressuposto era a inclusão naquilo que ele jamais poderia ser incluído. Uma coisa é comprar uma Coca-Cola de dois litros para os outros, outra completamente diferente é ser a garrafa pet, responsável pelo conteúdo, e os arrotos da garotinha. A conta que fez a vida inteira, dizia: excluir, olhar de soslaio, ir de encontro aos buracos, enterrar-se vivo: arrotar para dentro, engolir o próprio veneno, e por último, cuspir no prato em que comeu. E de repente, tinha de fazer outra contabilidade: era o responsável pela refeição e pela cuspida alheia — e ainda tinha de amar e ser amado, esperar o troco como se os centavos fossem as notas altas, e não o contrário. Ele adorava ouvir a garotinha arrotar, porém não conseguia acompanhá-la. Acontecia que o devedor passava a ser o credor, apesar das evidências que diziam que não, que ele tinha de receber e não pagar a quem lhe devia. Havia um complô de garotinhas e sorveteiros e pãezinhos quentes. Era como se tivesse perdido a estratégia, e agora fosse alvo de si mesmo. O mendigo o chamava de senhor, e o português da padaria tinha os cabelos pretos e lustrosos. O português havia perdido o sotaque, e ele era mais velho que o português, e além dos cabelos, havia perdido o caminho de casa.

E mesmo que largasse o sorveteiro e a menina falando sozinhos na praia, e fugisse da praia e deixasse as tralhas da garota e da mãe para trás, ainda que enfiasse um capuz para se esconder do lindo pôr de sol, e entupisse o nariz de algodão feito um cadáver, ainda assim não evitaria o cheiro delicioso e lambuzado de óleo de cenoura, mesmo assim, se tentasse ir de encontro à solidão de antes, e mandasse o português da padaria para o inferno, mesmo assim não conseguiria ter a solidão de antes. Agora, era tarde demais para ser indiferente e atravessar a rua apesar dos carros que passavam em alta velocidade; antes ele atravessava a mesma rua às cegas, pronto para a colisão, e agora, um caminhão de mudanças metafísico o havia atropelado e ele não havia sentido dor, mas felicidade. O problema é que essa felicidade não o ajudava em nada, apenas o paralisava, era demais para ele: conferir o troco do sorveteiro, e ao mesmo tempo ser mais velho que o português da padaria. Alguma coisa estava fora do lugar. O que ele fazia em cima da mãe da garotinha?

E a garotinha sorria para ele e pedia a mão para atravessar a mesma rua, aquela menina que anotou em sua agenda a data de aniversário dele, e a dela: 9 de maio, 11 de agosto.

SPAGHETTI ESPIRITUAL

Outro dia ela me disse: "Você é uma pessoa muito difícil de gostar, mas eu gosto mesmo assim".

Agradeci o desprendimento e a generosidade, e respondi: "Obrigado".

Ela foi em frente: "Você é uma peste, não me faz nada bem".

Tive de lembrá-la que, além de ser uma pessoa difícil de gostar, e de ser uma peste, *eu* também "transformava a vida dela num inferno".

Não satisfeita, soltou essa: "Não sei não... fico pensando que se Deus nos colocou no mesmo caminho, foi por algum motivo, algo de muito sério deve existir, um karma, sei lá, uma sentença de outras vidas, tipo estava escrito nas estrelas...".

"Tava escrito nas estrelas?"

"Destino. Evolução. Novas chances, outras possibilidades... você sabe do que eu estou falando?"

"Claro que sei: Tetê Espíndola."

"O quê?"

Alguns dados. Ela tem 24 anos, e eu vou completar 42 em maio.

Aí eu disse: "Tetê Espíndola ou Amelinha? Sempre

confundo essas duas, mas deixa pra lá. Elas não são do seu tempo".

"Saco, você sempre dá um jeito de escapar do assunto."

Não vou negar. Quando posso dou uma tergiversadinha. Mas é sempre por uma boa causa. Da última vez, foi em razão da nossa diferença de idade. Uma mulher de 24 anos é muito velha para um cara como eu, de 42, que forjou sua identidade viril e matadora assistindo bangue-bangue pela televisão com o avô.

Ela prosseguiu: "Sabia que quando uma borboleta bate asas no hemisfério norte...".

Tive de interrompê-la: "Ah, não, essa história da borboleta, não!".

"Grosso."

"Pois é, querida. Acho que é Karma. K-a-r-m-a. Afinal, karma com k ou c? Nem sei como é que escreve essa bobagem, mas acho que só pode ser isso mesmo."

Em algum momento eu tinha de concordar. Aliás, aprendi esse truque — dissimular diante de um risco iminente, e controlar a respiração — como Giuliano Gemma (meu mestre de ioga) em *O dólar furado*, direção de Giorgio Ferroni, 1965. Clássico do *western spaghetti*.

"Evoluímos" — ela disse. — "Você falando em Karma... quem diria, hein?"

"Evoluímos tanto que daqui a pouco vou começar a fumar maconha com seus amigos. Você me ajudaria a escolher uma bata na feirinha da Benedito Calixto? Podíamos comprar incensos fedorentos e velas coloridas, celebraríamos os gnomos e os seres elementais, que tal?"

"Não tem jeito, com você não tem diálogo..."

Em seguida — evidentemente — ela ia reproduzir o lugar-comum fatal: "Com você só tem monólogo".

Antes que ela cometesse essa atrocidade, ou talvez voltasse à historinha da borboleta que bate asas no hemisfério norte, resolvi dar mais uma chance. Eu gostava daquela garota. Lembrei que, vezenquando, apesar dos esoterismos franqueados e gnomos afins, e sobretudo apesar do meu ceticismo, ela ia rezar pelo nosso *love* na Igreja do Calvário.

Uma curiosidade: essa igreja paira geograficamente sobre a feirinha desencanada da praça Benedito Calixto. Sei lá, me senti um canalha por causa disso. Um vira-latas que merecia os aforismos de Cioran. Ela consumia os gnomos da Benedito Calixto, e eu não passava sem Cioran. O filósofo romeno era minha Seicho-No-Ie. Então considerei as rabanadas que ela havia me trazido naquele Natal, e os peitões dela (servidos à la carte sempre que eu pedia).

A gente se gostava, e não fazia nenhum sentido brigar por conta de pequenos "desacertos espirituais", digamos assim.

Era minha vez: "Frequento um terreiro de macumba".

"Não dá! Desisto. Não seja leviano, por favor. Você frequenta o quê?"

"Um terreiro lá no Jabaquara. Sou filho de Ogum."

"Você é filho de Ogum??? O cético dos céticos. O niilista debochado, VOC?!... frequenta um terreiro e é filho..."

"Vamos por partes. Antes de qualquer coisa, sou filho da dona Marietta. Mas também sou filho de São Jorge, Ogum. Fui coroado numa cerimônia belíssima. Um ritual despojado, e ao mesmo tempo grandioso. O tête-à-tête com o sobrenatural que o Candomblé oferece é algo incomparável."

"Tá falando sério?"

"Vou lhe dizer uma coisa. Se existe uma dimensão tátil para o termo 'sobrenatural', isso só é possível (ou tem cabimento...) no Candomblé."

"E?..."

"Os Orixás são interesseiros e vaidosos, e pedem a contrapartida imediata. O treco é palpável. A meu ver, se eles pedirem dinheiro, melhor ainda: isso aproxima mais do comezinho, do humano torpe, trivial e irrelevante. Cria empatia, e identidade. Você confia em algo que não seja espelho?"

"Onde você quer chegar?"

"Imagem e semelhança é uma questão de exercício, sabia?" — falei isso para ela *não* lembrar que confiava em sua psicanalista, a Maria Rita. De qualquer forma, o efeito da frase foi bom. Então continuei:

"Atravessar a rua Teodoro Sampaio pode ser um milagre tão espetacular quanto andar sobre as águas do Mar da Galileia. Ter fé é a mesma coisa que olhar no espelho. Desde que você — evidentemente — tenha estilo. Enxerga-se o que o desejo permitir, seja para o bem ou para o mal. Nesse sentido, de todas as religiões, o Candomblé é a mais geométrica que conheci."

"Geométrica? Do que você está falando?"

"Sim. Geométrica, proporcional. As coisas acontecem de acordo com o tamanho, a ambição correspondente. Foi assim que confraternizei com Exu, ele parecia o Capeta, mas era apenas um mensageiro; encaminhou minhas demandas para Ogum, meu protetor. Fiz uma macumba legal. Usamos inhame, feijão-de-corda, tomei um banho de descarrego e, se bem me lembro, tinha melaço e perfume na jogada. Você adoraria estar lá."

Ela bambeou um pouco, quase caiu da cadeira em que se empoleirava (tinha mania de ficar de cócoras sobre cadeiras giratórias) e, antes de retrucar qualquer coisa, acrescentei:

"Todavia não recomendo *Jubiabá*, do Jorge Amado. O livro é mal-escrito e às vezes pueril. Não entendo: por que um intelectual do porte de Camus teria se aproximado de um simplório do feitio de Amado? Com exceção de *Quincas Berro d'Água*, só tem uma explicação..."

"É mesmo?!"

"Feitiçaria."

"Não precisa falar mais nada. Acredito. Se é assim, eu acredito. Você me convenceu."

"Sabia que eu rezo o Pai Nosso toda santa manhã?"

"Reza?"

"Sou o maior carola, minha princesa" (ela adorava ser chamada de "princesa"). "Outro dia, Pai Eduardo, o sacerdote que incorpora os Orixás, jogou búzios, e falou sobre nosso caso."

Ela estava estupefata. Ofegava, suava frio... parecia que ouvia minhas palavras de outro lugar, confesso que estranhei sua ausência. Aos poucos, entretanto, retomou o fôlego, e voltou a ser o que sempre foi, e disse: "Então a gente tem um caminho a percorrer, você não pode negar, se estamos juntos é porque Deus quis assim, vai negar agora?".

"Não vou negar nem assinar embaixo. Só sei de uma coisa. Se Ele quis assim, conforme você disse, e se Ele é parceiro da Amelinha, a única conclusão sensata..."

"Conclusão sensata? Quer me deixar louca?"

"Se ele fez isso, olha, lamento dizer, mas Ele é mais xarope do que você e a Amelinha juntas. Pensando bem, Ele é mais canastrão do que o Cid Moreira, Ele é um especial eterno de final de ano do Roberto Carlos, cazzo! Se Deus 'quis assim' ele é muito brega, e se ele é parceiro da Amelinha, bem, então... meu Deus! Deus é o Belchior! Caralho! Se é assim, eu acredito Nele!

Vou embora. Tchau."

* * *

Mesmo porque não adiantaria nada eu me arrepender de ter terminado com ela — como eu me arrependi logo em seguida, e irreparavelmente. Deixei Simone sozinha no ponto de táxi.

Ela não derramaria uma lágrima na minha frente. Não ia me dar essa colher de chá: havia aprendido a ser "durona". Eu que a ensinei. Ao contrário de mim, que me despedi apressadamente, e virei à direita: na direção de quem dobra a Martins Fontes, e não sabe se vai alcançar a boate Kilt sem antes chorar um balde de lágrimas sertanejas em vão. Em outras palavras: eu havia me transformado numa piada ambulante, e ainda tinha que atravessar a rua.

Pensei: "Do outro lado da rua pode ser tarde demais, é longe pra cacete, quase um milagre".

Também não queria que ela me visse com os olhos marejados. Não olhei para trás, e talvez tivesse conseguido despistá-la. Talvez não.

Mas, como sempre, fui embora com a sensação de ter perdido alguma coisa, de ter me enganado, de não ter consultado o horóscopo antes de sair de casa; como sempre, ao feitio de Giuliano Gemma, fui embora com a maldita sensação de ter feito a coisa certa, e de estar no lugar errado.

CLAUDINHA EM VOLTA DO XIBIU

"Se não for para me vingar, não escrevo" — isso fui eu a falar com meus botões. Quando disse a mesma coisa para Claudinha, enfeitei o pensamento, e, digamos, me traí por esporte: "Sabe, minha querida, o dia em que eu conseguir deixar as vinganças de lado, aí sim, vou escrever um grande livro".

Nem uma coisa, nem outra.

A verdade é que vivíamos um caso de amor rumo a Paquetá. Claudinha estava deslumbrada comigo. E eu não pensava em outra coisa diferente de Lucélia Santos currada pelos criolos de Nelson Rodrigues. Queria fazer o mesmo com Claudinha na Ilha da Moreninha. Só precisaria arrumar uns negões. Mas isso era um detalhe.

"Hoje, Claudinha, escrevo porque é minha profissão — e, aliás, sou pessimamente remunerado."

Essas e outras coisas — meu repertório? — que eu desfiava para Claudinha em volta do xibiu. Assim a batizei: a primeira mulher de fé que tive, em torno do próprio sexo. Não quer dizer que o sexo fosse menos importante. Mas era equivalente.

"Por mim, eu não escreveria uma linha sequer." Tentei transferir as responsabilidades para ela. Assim mesmo, nesses termos:

"Você que se vire."

Aqui tenho que acrescentar uma informação. Claudinha, além de candidata a ser currada em Paquetá, era também candidata a escritora. Uma garota de talentos.

Pois então, ela não era fodona? Que se virasse. E que fizesse o trabalho sujo por mim.

Claro que Claudinha não encarou. O máximo que fez foi abrir as pernas, e dizer que sim. Também me fez um pedido: "Não vai pôr meu nome nessa história, promete?".

Claro que prometi.

Claudinha em volta do xibiu. Antes de Paquetá, na segunda noite, eu não sabia se tinha mais a ela ou ao meu repertório. Sabia apenas que não havia comido sua bundinha. Que tínhamos o dia seguinte, e Paquetá.

Até a fraude em que me transformei fazia parte do meu repertório. Daí que não era fraude. Ora, Claudinha não era Claudinha... e, entre outras coisas, não estávamos vivendo uma linda história de amor no Rio de Janeiro... eu cheio de dinheiro no bolso, e ela em volta do xibiu.

Embora tenha prescindido da curra, não deixei escapar nada. Usei todo maldito repertório. A começar por aquele final de ano com os Hare Krishna, em seguida a mulher do aleijado, a escuna incendiada (exatamente nessa ordem...); os sinais no meu corpo, e, de última hora, ainda consegui incorporar o mar de Copacabana — uma novidade para mim, diga-se de passagem.

O fluxo adiado para o dia seguinte. Preferi chamar assim: "o fluxo" — e não falei nada para Claudinha. Bastava que ela se conservasse em volta do xibiu.

O que vale é que — independente da forma e da vazão — o tal do "fluxo" sempre me levava aos lugares certos.

O recepcionista do hotel-fantasma disse que há cento e cinquenta anos nenhum casal aparecia naquela ilha para trepar às duas e meia da tarde. "Quem são vocês?"

"Essa é Claudinha em volta do xibiu. Eu sou o quinto cavaleiro. Estamos em lua de mel, e o senhor não tem nada a ver com isso."

No lugar das mesuras de praxe, o recepcionista meneou a cabeça como se antevisse holocaustos. Na verdade fez a pergunta "quem são vocês?" porque já sabia a resposta. Aquele dia havia de chegar. Há cento e cinquenta anos nos esperava, a nós, "o casalzinho juízo final", eu e minha Claudinha em volta do xibiu.

Daquele final de tarde em Paquetá, lembro de Claudinha dizer que meus pés não tinham vida. Também lembro da felicidade com que sua bucetinha me recebeu à la carte — antes da curra que não aconteceu, acho que foi isso mesmo.

"Quinze dias, querida. Esse é meu prazo de validade."

Um cemitério boiando na baía de Guanabara. O fim da picada em si mesmo. Isso é Paquetá.

"Hoje vou dar o rabo para você, beibe."

Em seguida, disse que me amava. Então compreendi o horror do recepcionista do hotel-fantasma: quando chegasse esse dia, "o dia de Claudinha em volta do xibiu", ia acabar tudo. Seria nosso fim.

A vingança não escrita. A fraude consumada. Um livro autêntico, apesar do repertório.

A nossa vez. Finalmente o amor. O meu dia... e de minha Claudinha em volta do xibiu.

ROLETA-RUSSA

Já fui melhor.

Bem melhor. Sobretudo para vomitar minhas arrogâncias. Um arrogante não pode deixar o desespero tomar conta da situação. Fiz tudo errado.

Antes eu disfarçava melhor o desespero, e a arrogância servia como um recheio que — na verdade — nunca passou de enfeite. Dizem que enlouqueci. Discordo: estou é isolado por absoluta incompatibilidade com a Marisete.

— Essa filha da puta da Marisete, meu gênio.

Por enquanto, a despeito do gênio escroto, posso dizer que perdi as estribeiras. E um sujeito que tem aquilo que o bigodudo alemão chamava mais ou menos de "o olhar sobre o buraco onde se meteu", não pode ser um maluco. Talvez um jogador. Um impulsivo. No máximo um suicida.

O mesmo raciocínio — ou a contabilidade da perda — vale para o ódio, o cinismo, o niilismo, as metempsicoses e tantos outros truques que, hoje, infelizmente, não funcionam mais. Ou por outra: a mim não me interessam esses truques — embora (raras vezes...) tenham alguma utilidade. Vejam vocês: o mar cinzento de Copacabana — depois de tudo — quase me engana.

O que isso significa? Que quase caio naquela balela de me enternecer de mim mesmo. Sabem por que não caí? Sem demagogia, vou dizer: porque sei que a beleza é uma fraude, um truque. Qual é mesmo a utilidade dos truques?

O lusco-fusco. O cinza, o gris. A lembrança de que algo deu certo... e que esse algo é uma roubada: claro, não vou chegar a lugar nenhum. Daí o mar — outra vez.

O mesmo mar de 1993.

Sobretudo a certeza de que tenho o mar pela frente. Taí uma grande responsabilidade: ver o mar com os meus olhos cansados.

E daí que o tempo passou? Admito: está cada vez mais difícil me enganar e fingir que a Marisete não me enganou. Mas eu tento. Não entendo o porquê. Mas eu tento.

A diferença — eu dizia — é que, hoje, eu sei que a espera é outro truque. Que nada é impossível: o mar é que me olha.

Antes eu sabia disfarçar minha arrogância, e tinha todos os desdobramentos sob controle. E, no final das contas — é óbvio —, tirava proveito da situação. Comia minhas putinhas, me divertia, tinha uma força descomunal, exercitava minhas canalhices, e ia levando a vida com a delicadeza de uma retroescavadeira.

Tinha até os presságios sob controle. A tábua das marés. Os vaivéns e as arrebentações, os refluxos, as ruas atravessadas a esmo e os sobressaltos: tudo sob controle.

E agora? Oh, Deus. Além dos inimigos que escolhi a dedo... e do mar. O que eu tenho?

O melhor seria contabilizar o que não tenho. Não tenho onde morar. Também perdi meu cabelo. Minha garota diz que enlouqueci nos anos oitenta, e que ninguém — nem eu — percebeu. No começo levei essa hipótese em consideração. Mas não enlouqueci, não. Já provei a ela que não. Mas ela insiste. Diz um monte de coisas; ela diz que meus pés não têm vida. Que vai tirar uma foto da minha sombra (ao fundo um dia nublado e o mar de Copacabana).

— Ela diz que me ama.

Diz que da próxima vez vai deixar se sodomizar em Paquetá, e eu não sei mais o que posso fazer para que mude de ideia. Perdi o controle. Sou um defunto.

A única coisa que poderia oferecer a Claudinha — outra vez —, era o mar de Copacabana. Quantas vezes lhe disse para prestar atenção nas ondas que rebentavam no Posto 5, e ela nem dava bola. Quantas vezes ela pedia meus beijos, e eu lhe dizia: Olha o mar, Claudinha! Olha o mar!

E ela nem aí. Então íamos roubar livros na Livraria da Travessa. Essa era a parte boa. Um ex-amigo dela trabalhava/ou trabalha como vendedor na livraria de Ipanema. O cara, em suma, um típico escritor frustrado que virou vendedor de luxo, facilitava as coisas para mim e para Claudinha, eu e ela: o casalzinho juízo final.

Outro dia roubamos um livro de George Orwell cujo título sugestivo é nada mais nada menos do que *Na pior em Paris e Londres*...

— A miséria de Orwell em Paris teve lá seu charme geográfico e teve a época certa para acontecer. E a gente, Claudinha?

Ou ainda:

— O que vai acontecer conosco? Por que você insiste comigo? O que eu tenho para lhe oferecer, beibe?

Na verdade nunca havia feito essas perguntas a Claudinha. Era só um pretexto para encarar meu gênio-defunto. Um método que ajambrei depois de ter abandonado os azulejos lambidos, e o espremedor de nozes. Só isso.

Pois bem. O que eu tinha? Deixem-me pensar. Quarenta anos. Seis livros publicados e um reconhecimento que jamais pagou meus aluguéis, um amor maior do que mereço, duas doses de uísque por conta da Marisete — e outra vez (ao fundo) o mar encapelado e cinza de Copacabana.

O que mais? Um buraco brega dentro da alma. E a primeira tentativa frustrada na semiautomática. Nem um tiro por enquanto...

Estava pensando numa coisa, Marisete.

O seguinte. Se eu tivesse adquirido uma liberdade que valesse a pena (da mesma forma que proclamei minha arrogância aos quatro ventos); por exemplo, uma liberdade que me ajudasse a dizer para Claudinha que eu a amava de verdade, enfim, se eu tivesse adquirido essa liberdade, também poderia dizer: "chove hoje", e, por fim, não teria nenhum constrangimento em arrematar a frase com um "o mar não é sempre assim". Então vá lá. Se é que ainda posso fingir, eu digo: "Chove hoje, o mar não é sempre assim — cinza".

Bonito, não é? Mas é um truque. Virei uma espécie de mendigo de mim mesmo. Só que dessa vez sem necessidade (ou competência) para esconder meu desespero. E o pior:

— Sem competência para arrecadar esmolas, essa que é a parte ruim. Ou alguém acha que eu, Marisete e Claudinha iremos resistir a quantas voltas dessa maldita pistola semiautomática?

UMA HISTÓRIA DE NATAL, COM PANETONE

Em pouco tempo a dona de casa encontrará células-tronco na seção de iogurtes. Duvido que algum escritor — em pleno Natal de 2007 — depois do rebaixamento de Plutão e do Corinthians, e depois de os cientistas terem decifrado o DNA do fungo que causa a caspa, duvido que algum escritor se atreva — outra vez?! — a sacanear o Papai Noel.

Não aceito casos de entupimento em chaminés, alcoolismo e zoofilia. Não se metam com as renas! Sou capaz de processar o infeliz que fizer piadas com trenós, pedofilia, e gnomos. Outra coisa. Jesus Cristo não era Francisco de Assis. São estilos diferentes, e no Natal comemoramos a festa de nascimento do chefão. Daí que não procede aquela conversinha: "Se o filho de Deus estivesse vivo hoje, seria um mendigo". Por que não colunista da *Veja*? Também não consta que apanhava do padrasto, nem que a mãe vendia o corpo a troco de birita. Ele não tinha problemas em casa. Naquela época, os restos de comida não eram separados para reciclagem — o próprio mendigo fazia o cardápio, a vida era mais honesta — e, tirando a obsessão tola de querer salvar a humanidade, não acredito que Jesus C. tivesse motivos para trocar o "aconchego do lar" pelo banco da rodoviária. Outro blablablá de Natal — talvez o mais enfadonho de todos — é aquele que contrapõe crianças maltrapilhas e vitrines luxuosas. O truque é velho, nem o Angeli aguenta mais. Não funciona, no Brasil de hoje, não. Temos petróleo, a Copa de 2014, e um IDH invejável. Creio, portanto, que é viável controlar a pieguice, e falar de Natal: sem sacanear o Papai Noel. Vejam só.

Dezembro de 2006, Rio de Janeiro. Aluguei um quarto e sala no bairro de Fátima, na Riachuelo, antiga rua de Mata-Cavalos. Aproximadamente setenta e dois gatos (segundo a Defesa Civil) moravam no muquifo imediatamente ao lado do meu. Travestis mal-barbeados, vizinhos resignados, e angolanos ameaçadores. Eu passava os dias espirrando, e tentava pela milésima vez — sem sucesso — ler o chato do Saramago. Jorge Luis Borges dizia mais ou menos o seguinte: se o autor não conseguiu prender o leitor, quem perdeu foi o autor. No alvo, claro que sim. O leitor tem mais o que fazer, por exemplo: esquecer Saramago, e seguir os passos de Evaristo Carriego, procurar os "entardeceres, os arrabaldes e a desdita numa Buenos Aires de casas baixas e chácaras gradeadas". Mas era Rio de Janeiro. E eu espirrava, e estava me estranhando com a Cacá.

Choveu pra cacete naquela semana. E a Cacá apareceu com três DVDs da série *Hilda Furacão*. Coisa mais lenta, e besta. Horas e horas de enrolação para chegar a 5 minutos geniais de Mario Lago, e a 8 segundos de peitinho da Ana Paula Arósio. Eis a questão. Os peitinhos da Ana Paula Arósio. Queria ver outra vez. Cacá tomou o controle da minha mão, e o jogou pela janela. Entendam. Era véspera de Natal, eu espirrava o dia inteiro, dormia num sofá-cama desconjuntado e úmido. Havia esperado horas para ver aqueles peitinhos. O pau quebrou, e feio... decidi que a perdoaria se ela me trouxesse rabanadas no dia seguinte. Cacá não apareceu. Mas mandou um e-mail: "Se você tiver o TUPETE de me procurar outra vez, se vier encher meu saco... ah, moleque, eu te amasso essa porra de nariz de tucano. Vai pro inferno você e as rabanadas! Fui clara?".

Gosto das delicadezas da Cacá. E eu tinha de retribuir a clareza, quase transparência dela — não parava de chover no Rio de Janeiro. Comprei um panetone, e combinei de encontrá-la perto da UERJ, ela morava em Vila Isabel. Eu não sabia se segurava o panetone ou o guarda-chuva. Mas era Natal, e chovia. De qualquer jeito, tinha que ser Natal. Eu faria qualquer coisa para dar aquele panetone pra Cacá. Seria atropelado, se fosse o caso. Sei lá, podia sequestrar o babaca do Papai Noel. Qualquer coisa. Aceitaria até protagonizar um documentário do Zé Padilha: "Ônibus 171, o sequestro do bom velhinho".

Isso tudo pra falar que, no 25/12, a gente sofre por rabanadas e pelos peitinhos da Arósio, cumprimenta o porteiro, e acredita no Papai Noel. Eu não tive outra alternativa. Nem ela. Quando a vi de capa amarela, e rindo da minha cara, nesse momento, entendi que estava tudo bem. Atravessei a rua, entreguei o panetone, e — ora bolas! — disse: "Pra você, Cacá. Feliz Natal!".

Terceira parte

OS GORILAS DE SUMATRA

para meu amigo Paulo de Tharso

Ah! meu caríssimo Barletta, você tinha logo que começar com uma pergunta dessas? Nem sei se tomo por excesso de zelo ou deboche. Oquei, entendo que a entrevista é algo para consumo próprio, nosso consumo. Ninguém vai ficar sabendo, combinado. Mas precisava ter sido tão condescendente? Ah, José Carlos Barletta, você é um grande filho da puta!

Lembra daquela vez que o peguei com dois paralelepípedos nas mãos? Eu pensava comigo mesmo: como é que posso ser amigo desse maluco? Sinceramente, eu acho que a nossa amizade é a esquisitice mais improvável desse planeta. Da minha parte, sempre fiquei na dúvida entre levá-lo a sério ou chamar o corpo de bombeiros. Você deve pensar o mesmo, né? Às vezes, porém, você me surpreende, e eu desconfio que essa fanfarronice toda é um disfarce; às vezes, juro por James Douglas Morrison (olha a amizade aqui, quem diria, eu jurando por Jim Morrison...), quase acredito que somos mesmo dois fodões. Mas isso passa, viu? E se eu não chegasse naquele instante, me diz, você ia mesmo encarar os três carecas?

Caralho, Barletta. Tem certeza que quer começar com essa pergunta? Prefere uma resposta longa ou curta?

Então tá. Vou tentar ser econômico.

Meu conselho é: desista. Se você for um escritor de verdade, desista. A derrota é um bom começo e provavelmente será o seu fim mais açucarado... ou irremediável (entenda como quiser). Caso contrário, existem o SESC e o Senac e uma infinidade de cursos profissionalizantes por aí. Inclusive tem uns que oferecem — oh, Deus... — oficinas para escritores.

Houve um tempo, Barletta, que acreditei em expurgos. Também acreditava no amor e nas mulheres. Faz tempo, uns vinte anos. Era uma época em que "oficinas" eram as mecânicas. Os carburadores viviam entupidos, e caminhávamos sobre ruas explosivas. *"La beauté est dans la rue"*, lembra? Você, sempre exagerado, querendo me ensinar o francês das guilhotinas. Nem o xarope do Danton, nem o vermezinho de Robespierre. Na esquina da Augusta com a Caio Prado, você acabou me convencendo que Camille Desmoulins era o cara. Mas isso foi bem no começo, antes de a Internet transformar nossos paralelepípedos em isopor, antes de eu escrever meu primeiro livro. O mais irregular, e talvez o melhor de todos: porque eu estava lá pra valer. Limpo. Foi tão legal a primeira vez que vi o livro exposto na Livraria Belas Artes. Fiquei todo orgulhoso, e convidei minha mãe para ir conferir. Ela queria saber: "é livro do quê?".

Ah, dona Marietta.

Não consigo entender: como é que ela foi com as suas fuças? Logo ela, logo você. Até hoje, dona Marietta é só elogios quando fala do "Barletta, seu amigo cabeludo". Ao contrário de mim, você sempre foi cativante, né? Livro do quê? Que tal trinta anos de silêncio, medo e travamento? Não sei se gosto ou desgosto da capa. Eu queria algo pornográfico, e melancólico. E aí me aparecem com aquele cortiço. Tudo bem, tem alguma coisa de melancólico ali, vá lá, mas aquela imagem — de alguma forma — prenunciava a merda que estava por vir. Era tanta gente me puxando o saco, buzinando na minha orelha. Que eu cheguei a acreditar, meu amigo, que a literatura tivesse me curado de um monte de coisas. Inclusive da dona Marietta, que sabiamente não foi à livraria conferir de que desgraça era feito meu livro. Mas não é assim. A literatura não me curou de porra nenhuma. O tempo passou e a Belas Artes virou lan house. É engraçado, Barletta. A falecida livraria me fez lembrar do começo do "Aleph", um conto de J. L. Borges, quando, depois da morte de Beatriz Viterbo, os painéis de ferro da Plaza Constitución haviam renovado um anúncio de cigarros — acho que Borges queria falar do Marlboro, acho que sim, se não me engano tem uma referência a "cigarros vermelhos". A vida mesquinha, enfim, segue seu curso. A vida sim, a literatura não. Nem pra isso serviu. Imagina um garçom, meu caro Barletta:

Se ele der uma boa engraxada nos sapatos e se souber entortar a gravata borboleta um pouquinho pro lado direito, também — por que não? — poderia expurgar seus fantasmas trabalhando honestamente; com a vantagem de ter os seus 10% garantidos em lei e de não precisar administrar o ego dos comensais por mais de 35 minutos (em média). Em se tratando de expurgos, meu caro, existem passatempos e profissões mais seguras. Sim! Profissionais "qualificados" que cobram por hora. E nada que não garanta que o expurgo eventualmente (já ouviu falar em milagre?) aconteça a céu aberto. Se eu pudesse escolher, velejaria. Em se tratando de literatura, acho difícil, senão impossível, qualquer tipo de expurgo. E mais! Se for literatura, e da boa, servirá apenas para acrescentar novos problemas na vida do autor. Não só problemas de ordem social, de convívio esquizofrênico com o próprio duplo (Cortázar sofria disso...) ou de expectativas não correspondidas; não se trata apenas de brochar com as fãs nem de questões éticas, morais ou até mais triviais, como aquelas que têm de ser administradas de dentro para fora e de fora para dentro, a começar pelo conflito entre a primeira pessoa do singular e as demais: tão chatas "essas pessoas"... sobretudo aquelas que ostentam comendas e galardões. Por isso que escrevo na primeira, Barletta. Pra começo de conversa, porque gosto de subversão e de confusão (de onde você acha que vem nossa amizade?) e, objetivamente, não preciso ser plural. Não nasci pra ser general da banda nem coleguinha da Nélida Piñon, e finalmente porque não sei fazer de outro jeito. Assim, na falta de alternativas — se me permite e já que não tem "outro jeito" — tomemos o meu exemplo; eu jamais me atreveria a "falar" na primeira pessoa. Preferiria latir se fosse o caso. As palavras e as pessoas estão aí para serem usadas, e não faladas. Sim, é cruel. Mas é assim que funciona: fazer o quê? Pois bem, Barletta. Você não é nenhum ingênuo, e sabe que eu não sou 100% confiável. Ou melhor. Uns 80% confiável, os outros 20% (ou seria o contrário...?) eu minto mesmo, viajo na maionese. Normal. Haja vista que ninguém, muito menos você, é 20% confiável. Lembra aquela vez que você me fez pagar um mico danado na Santa Casa? Já o chamei de filho de uma puta? Praxe. Do que eu falava? Ah, sim... sobre o pêndulo. Pensando bem, meu caro Barletta, esse pêndulo maluco é que é o meu segredo: às vezes 20% prum lado, às vezes 80% pro outro; até aí tudo bem. Ocorre que, às vezes, como é que eu posso dizer?, bem, às vezes "perco o controle" do lado negro. Não, nem fudendo. Isso não quer dizer que eu perca o controle da situação: isso jamais, pois é de lá, desse lugar lamacento, que garimpo meus diamantes. Ora, Barletta! Se eu me deixasse levar...

como é que conseguiria voltar para contar a história? Seria mais ou menos como se eu encarasse os três carecas nazistas e alguém me dissuadisse na hora "h"... entende? Como se eu estivesse atrelado à uma realidade bundona, porém soubesse que os paralelepípedos continuam lá à minha disposição. Dane-se que são de isopor! Dane-se! Não é incomum, meu chapa, que esses "surtos" aconteçam no início do inverno, não sei por quê, talvez a alimentação pesada, o vinho tinto; não importa, nessas ocasiões, a ficção e a realidade se misturam tanto, mas tanto, que nem eu sei se estou sendo 100% sincero ou 100% canalha. Nesse ponto, como diriam os sacanas dos místicos — fico até constrangido em confessar —, "transcendo". Fernando Pessoa fazia isso o tempo inteiro, mas ele era poeta, e não conta. Se não for assim, meu caro Barletta, vira diário, exibicionismo, autoindulgência, confissão, blogue com fundo de oncinha. Você havia me perguntado sobre expurgos, né? Pode ter certeza de uma coisa, se a literatura for da boa, quero dizer, se não for essa coisa rasteira que os despachantes fazem para garantir afagos, prêmios (dinheirinho fácil, muito dinheirinho), colunas sociais, traslados e tíquetes refeição, bem, se for literatura de verdade, o cara só vai se lascar, a literatura ou a arte que lhe couber — a parte dele no latifúndio... — é cova rasa, provavelmente será uma fonte de problemas gravíssimos relacionados a entraves que nada tem a ver com expurgos, muito pelo contrário!; eu falo de problemas relacionados a voos tonitruantes sobre abismos infernais, sim, problemas de depressão antes, durante e depois do parto... nós, digo, nós os bons e os otários, somos acometidos por essas viadagens e, geralmente, temos dois aluguéis atrasados e vários condomínios pendentes; e tem mais, às vezes a mente do escritor — sou forçado a admitir — é um pouco feminina; no sentido de que comemos quando estamos sendo comidos, *capicce*? Tô querendo dizer que, a cada livro concluído, há que se reinventar a carne e o sangue, o suor e as lágrimas — veja só — para que todas essas coisas, incluídos os lugares-comuns e a gravatinha borboleta do garçom levemente torta para o lado direito, caibam nesse treco que insistimos em carregar para baixo e para cima, apesar dos pesares. Que treco é esse? Chame de carcaça, consciência, tanto faz. Trata-se de um exercício cruel rumo ao fim da picada, um dia depois do outro: além de mentir e enganar a nós mesmos e de mentir para a distração e o consumo alheio, ainda temos que amarrar os sapatos antes de sair de casa, o velho Buk, a propósito dos malditos sapatos, é que se perguntava "até quando?". Até quando, Barletta? Já que citei Bukowski e até agora passei meio que batido por Fernando Pessoa, vou falar em filosofia, porque — você sabe — sou um cara que lê qualquer merda. Não me lembro quem foi que disse, Platão?, sei lá meu caro Barletta, mas tanto faz se foi Sócrates, Platão ou o Neguinho da Beija-Flor, não me importa quem, mas o puto ajambrou uma sentença que atravessa os séculos, e que diz o seguinte: "o corpo é o arcabouço da alma". Não, Barletta! Não é assim! Eu penso que é exatamente o contrário. A alma é que é a grande prisão! Estamos condenados à eternidade (de onde você acha que vêm o sorrisinho cínico de Bento XVI?) e, não bastassem todos as criancinhas violentadas e todos os fardos físicos e metafísicos, ainda temos o inconveniente de amarrar os sapatos e olhar para os dois lados antes de atravessar as ruas, não é fácil. Merda, grande merda. Vou lhe dizer uma coisa, Barletta. Já amarrei os cadarços com mais dedicação: hoje, porém — depois de constatar que o mundo é dos despachantes —, dei uma brochada, e resolvi optar pelo entorpecimento, natural que seja assim, não acha? Entre tantas ruas para atravessar e tantos cadarços para amarrar e desamarrar, escolhi não sentir minha própria dor (cada um se desumaniza conforme suas possibilidades, né?...); ah, meu caro, perdi a elegância. E junto perdi a paciência com as viúvas & franquias do Leminski. De modo que o ideal seria expurgar a literatura da minha vida, mas acho que não conseguirei chegar a tanto, nem depois do próximo pé na bunda, nem depois de morto. Não tem expurgo, meu caro. Não tem cura. O que é que você quer saber do Rio de Janeiro? O Rio de Janeiro é uma paisagem na memória do paulista — essa frase é do Reinaldão Moraes. Acho que é por aí. Uma paisagem besta. Outro dia tive uma emergência erótica e fui parar numa quebrada pros lados de Inhaúma, perto da Via Dutra. Ouve isso. Eram umas duas horas da manhã quando subi num táxi clandestino perto da praça do Cimento Branco, não me pergunte como cheguei a essa praça, e nem que diabo de putaria foi a que rolou no Motel Comodoro. Nesse momento, Barletta, tive a certeza de que a Zona Sul, Tom Jobim e o "Samba do Avião" não passavam de reminiscências de uma doce e fugidia paisagem perdida na memória, nostalgia besta. A Zona Sul é um presépio. Eu arriscaria dizer, meu caro Barletta, que até o Oceano Atlântico e as ondas que quebram no Arpoador não passam de truques. Ah, Barletta, é tão lindo ser enganado nos dias de ressaca. Paisagens, miragens, ondas que se erguem do mar, tanto faz, essas melecas que só existem na mente dos estrangeiros, e dos paulistas deslumbrados como você e eu. Nada disso existe. Em 60 minutos de metrô, o Rio deixa de ser a Cidade Partida para se transformar numa cidade engolida pelo caos urbano, social e demográfico. O que existe, hoje, é o espelho-d'água da Rodrigo de Freitas, que ainda me engana. Sim, Barletta, eu odeio rimas e sei que essa imagem não é muito boa. Mas o que você queria? Que eu dissesse que Copacabana me engana? Nem fudendo, depois que eternizaram

Dorival Caymmi feito uma tartaruga ninja no Posto 6, não engana a mais ninguém. Só o Chico Buarque continua sodomizando seus negrinhos balbinos e enganando a Casa-Grande e a Senzala, mas esse é outro papo. Ainda assim, acrescento à sua e à minha idealização uma argamassa frágil que se percorre em 1 hora de metrô (Cantagalo-Pavuna); tudo muito rápido; o que era paisagem vira realidade, quero dizer que essa argamassa atoladinha e semiabandonada à beira da exaustão não reparte nem divide coisa nenhuma e nem tampouco sustenta a si mesma, não serve nem para cheirar porque já foi batizada e rebatizada, muito menos serve como matéria de ficção. O horror!, Barletta, o horror! Mas se quiser pode chamar de paisagem. Afinal, temos o ar que sopra do oceano e revigora os fantasmas mais malandros e simpáticos do planeta, sejamos otimistas: quantas biografias o Ruy Castro ainda tem por escrever, né? Isso que eu chamo de pesca submarina: garoupas, sargaço, sol, sal, Alzheimer e pilequinhos eternos dessa juventude dourada que não acaba nunca mais... então chamemos de paisagem, oquei, eu também prefiro assim, mesmo porque a qualquer momento eu posso me encher dela, e ela pode se encher de mim, isso já aconteceu comigo várias vezes e com outras paisagens bem menos arrombadas; chega um dia, meu caro, que o feitiço acaba, a gente faz as trouxas e vai embora para morrer outra vez noutro lugar cada vez "menos encantado", entende? Aí você me pergunta do Rio de Janeiro. Tanto faz. Pode ser no Rio de Janeiro ou na Vila Sônia a caminho do Estádio do Morumbi. Mas é claro que as pessoas fazem parte dessas paisagens!, sob o efeito da babaquice, todas elas procuram o amor e acabam encontrando os seus subprodutos (o Nilo Oliveira já havia cantado essa bola...), o amor, ah, o amor é o primeiro a nos abandonar na barraca de pastéis, comigo invariavelmente acontece assim, sabe, Barletta, eu mesmo me transformei num subproduto do amor, então, ao invés da paisagem tenho que me virar com a neblina. Um treco meio brega, também acho. Sofro uma espécie de catarata espiritual. A cada dia que passa, quanto mais procuro o amor, menos amo; pode chamar como quiser, chame de melancolia se não quiser chamar de tristeza, para mim tanto faz; pode chamar de fracasso também, essa neblina é só um nome bonito que arrumei pra trazer o fracasso para mais perto de mim, só assim posso lhe dizer com segurança que toda a fúria e as promessas do amor de ontem, embora tenhamos a consciência da orfandade, tudo isso vem a reboque junto com a paisagem e outra ilusão, é aquela velha história: mudamos mas não nos livramos de nós mesmos, isso parece óbvio, meu caro, e é assim que trazemos conosco a cegueira, a ilusão do amor e o ímpeto de amar. Eis a inhaca: — que no meu caso — curioso... — sempre teve lugar num apartamento vazio; minha alma só é eterna nesses lugares de classe média baixa, geralmente em muquifos ajeitadinhos e longe do mar. Não seria diferente se fosse num sobrado na Vila Sônia, numa quitinete na praça Roosevelt ou na puta que me pariu, tanto faz, o apartamento vazio sempre está lá, me esperando, eu, o eterno inquilino fantasma. O fato de ser Rio de Janeiro é apenas uma contingência, só isso, dessa vez o apartamento vazio fica no Grajaú, aqui estou, meu caro Barletta!; perdido na zona norte do Rio de Janeiro, deslocado no meio das cunhadas suculentas de um Nelson Rodrigues inviável porque inevitável, as mesmas que eram desejadas pelos enteados há cinquenta anos e que, hoje, saem suadinhas das academias de fitness, as mesmas! Podia ser no José Menino, em Santos, podia ser em qualquer época e lugar. O apartamento vazio é eterno, as almas de classe média idem, e a perplexidade ibidem. Aqui estou, meu caro. Eu e uma samambaia cabeluda. A planta foi presente dela, e veio junto com uma recomendação: "Pra você cuidar de alguma coisa na vida, vai servir como um exercício". Parece que sim, Barletta. Acho que existe uma diferença entre melancolia e nostalgia, li isso em algum lugar, se bem me lembro, segundo a definição de algum sabichão, a melancolia é a falta que sentimos de algo que não vivemos ou de algo que poderíamos ter vivido, acho que sim, e a nostalgia, segundo o mesmo cara (do qual discordo por acumulação), é algo mais prosaico, mecânico, e se parece com a falta de algo vivido e irrecuperável; se for isso, acho que sinto as duas coisas, e ainda tenho uma samambaia para regar, "vai ser um bom exercício...", aliás, não sei se você sabia, Barletta, mas parece até que existe um estudo sobre gorilas nostálgicos (ou melancólicos?) da Ilha de Sumatra; ah, esses gorilas e chimpanzés sempre ridicularizando a gente, né? Às vezes, Barletta, essa condição mamífera me joga na lona, e somadas a esse nocaute, ainda vêm as samambaias, a melancolia e a nostalgia juntas, dose fatal, dose fatal demais, posso lhe garantir que existe um nome p'ressa meleca que não é matemática — pelo menos pra mim e pra Marina Lima —, o nome é alguma coisa parecida com festa no outro apartamento. Eu gosto disso. Chame como quiser, desamparo, tristeza, uma samambaia para regar um dia sim e outro não. Eu penso, meu caro Barletta, que todo mundo devia ser triste, não deixaria de ser uma resposta aos gorilas da Ilha de Sumatra. Porque a tristeza, em tese, seria um atestado da derrota, da incapacidade diante da paisagem, ou seja, do entendimento dos cadarços, aquilo que nos faz amarrá-los e desamarrá-los, os sapatos, a tristeza, ela mesma, sabida e deselegante (e aí prescindiríamos definitivamente das viúvas do Leminski), ela mesma, a tristeza, que nos obriga a olhar para os dois lados antes de atravessar as ruas... até quando? Ah, Barletta... os gorilas da Ilha de Sumatra são uns putos. Sabia que tem um estudo — caralho, será que os cientistas não tem mais nada pra fazer? — que diz que os gorilas de Sumatra também são tristes?! Uma deprê essa ilha. Nossa única vantagem — até agora — é que lá, nos arquipélagos de Sumatra, não existem padarias, nem esquinas. Até quando, meu caro, ninguém sabe. Meu amigo Nilo (aquele mesmo que cantou a bola do amor e dos subprodutos, sempre ele...) voltou de Paris, e me jogou essa bomba nas fuças: "Um dia" — ele me disse — "Paris foi uma várzea". Os gorilas da Ilha de Sumatra que se cuidem... Então, Barletta, senti as duas coisas aqui no Rio, nostalgia e melancolia, ao mesmo tempo. Será possível? Será que um gorila da Ilha de Sumatra, além de dar conta dos cadarços, chegaria a tanto? Deixe de ser um pouco o entrevistador e seja mais meu amigo. Veja só o que aconteceu; logo que cheguei ao Rio, e isso foi antes de me mudar para o Grajaú, eu estava profundamente incomodado com o fato de que não possuía uma... como é que eu vou dizer?... uma "identidade carioca", isso mesmo: não tinha a porra da identidade carioca, e sem a qual, eu acreditava, seria impossível atravessar as ruas. Ora bolas, Barletta, seja para o bem ou para o mal, a gente precisa atravessar as merdas das ruas e dobrar as porras das esquinas! O que eu podia fazer? Cazzo! Fui atrás da tal de identidade. Nem vou falar da rabada no Pavão Azul, lá na Hilário de Gouveia. Tampouco do chope do Serafim. Seria muito fácil. Não foi nem num lugar, nem no outro, que me senti em casa. Foi quase. Todavia, eu sabia que em algum momento o sotaque ia bater. Se eu tivesse que apostar comigo mesmo, apostaria meu batismo carioca na Help, até mesmo pela urgência do caso. Taí um lugar que devia ser preservado pelo patrimônio histórico nacional. Vão fechar a boate e enfiar um Museu da Imagem e do Som no lugar. Muito triste isso, Barletta. Você acha que os gringos viriam ao Brasil para visitar o MIS? Será que eles trocariam o Musée d'Orsay pelos bumbos do AfroReggae? Quanta insensatez. Imagine o contrário. Imagine, Barletta, se destruíssem o Louvre para colocar um puteiro no lugar. A Help é nosso Louvre! Vocação, Barletta, é disso que falo, eu estava à procura da minha vocação. Infelizmente era alta temporada, meu dinheiro não deu e desisti da Help; mas não desisti da vocação, enfim, eu tinha que achar meu sotaque carioca (sem os erres e os esses arrastados; não me zoa, hein?); procurava a baía triste que Lima Barreto vislumbrava de sua cela no hospício, cheguei a desconfiar que a rua Riachuelo, antiga Mata-Cavalos, me bastaria; esse sotaque, Barletta — no meu caso — nada tem a ver com traslado, pacote de seis dias e seis noites. Tem gente que sobe o Corcovado. Outros fazem turismo nas favelas. Se o cara quiser tem a opção de nadar no meio dos cocôs de Copacabana, e depois tirar uma foto com o poeta de bronze, no Posto 6, depende do gosto do incauto... exatamente: cada um se vira como pode, né? Vou lhe dizer uma coisa, quase consigo minha cidadania no Jardim Botânico — se não fossem as jaqueiras obsessivamente catalogadas, acho que conseguiria. Tive a impressão de que as pobres árvores "mãos ao alto" haviam sido rendidas. O Jardim Botânico é uma obsessão, Barletta! As plantas estão todas apavoradas. A gente sabe que uma jaqueira ao lado de outra jaqueira é mais uma jaqueira. Uma plaquinha basta. Orquídeas são diferentes, e justificam o cuidado. Sobretudo porque não são jaqueiras. Vou lhe dizer outra coisa, Barletta, por muito pouco não virei carioca depois de ter comprado o jornal *O Globo* na entrada do Parque Guinle. Fiquei entre essa experiência, uma dedada no rabo e dois tiroteios no Pavão--Pavãozinho, de modo que só me faltava — para entrar no hospício de Lima Barreto — acompanhar o debate entre

Fernando Gabeira e Eduardo Paes na televisão, era época de eleição no Rio e o Gabeira perdeu por pouco, mas não é de política que quero lhe falar, vamos adiante. Olha só que esquisito, quase me senti em casa no Rio de Janeiro quando comprei mariola de um ambulante na Cinelândia. Aliás, fui eu quem identificou, pechinchou e solicitou o bagulho (ia escrever "iguaria") — sem saber o que era e de onde vinha. Nunca havia experimentado uma mariola na minha vida e, no entanto, adivinhei o gosto e as reminiscências que o doce de banana iria me provocar antes mesmo de prová-lo. Curioso, né? Como se eu tivesse vivido um *déjà vu* de outra pessoa. Só mesmo dona Zíbia Gasparetto para explicar o ocorrido... eu acredito no sobrenatural e até andei frequentando um Candomblé no Jabaquara, Barletta, e também acredito que a morte — como disse o professor Antonio Candido — não faz muito bem para o estilo. Não, não gosto do que vem desse povo da academia. Mas nesse caso sou obrigado a concordar. Veja só. Não só a morte, mas sobretudo a mariola me trouxe para mais perto da cidade — embora no começo tivesse certeza de que a bendita mariola era feita de goiabada. Quanto ao meu estilo? Não sei, Barletta... mas eu sabia que ainda não tinha chegado lá. Como assim, "lá aonde?"? Cazzo! Eu ainda não havia "adquirido" desespero suficiente... não para atravessar as ruas às cegas, ainda não, porém estava muito perto do "lugar carioca" e da liberdade para atravessar as ruas sem precisar olhar para os dois lados, com a devida tristeza, mais um bocado de culpa e sem a elegância do cara que — será que dá pra perceber? — murchou, do cara que se entregou e que está aqui na sua frente, completamente dilacerado. Os gringos foram embora, o verão acabou. Era minha chance! Fui pra Help. Descolei uma mulata-baixa-temporada... e brochei; depois disso fui tentar alguma coisa nas pedras do Arpoador. Não consegui nada. Sei lá, meu. Acho que o Cazuza já havia usado, revirado e zerado aquele lugar com sua poesia, e eu me senti um condenado irremediável ao Largo da Batata, até que — surpresa das surpresas, viadagem das viadagens! — o sotaque tilintou. Sim, e levava farinha de trigo e ovos. Parece brincadeira, mas um biscoitinho prosaico da minha infância que eu imaginava extinto, e que não era nenhuma *madeleine*, foi o responsável por minha reconciliação com o cartão postal. Depois disso, meu caro Barletta, se, no lugar do Cristo, o King Kong me abençoasse do alto do Corcovado, daria na mesma. Eu estava em casa. A partir daí consegui me livrar do Homem da Quitinete de Marfim, que — para quem não sabe — sou eu mesmo no centro de São Paulo, durante sete anos da minha vida, na praça Roosevelt (incorporado ao ambiente). Jamais criei raízes em lugar algum, Barletta. Na hora que a vida está boa, eu dou o pinote; carrego sodoma e gomorra comigo, porém nunca corri o risco de virar estátua de sal. "A lombra é que dá o dom", palavras sábias do Ricardinho Carlaccio. Sempre foi assim, entende Barletta? Jamais — até chegar à praça Roosevelt — eu havia corrido o risco de virar estátua de sal: eu iria me extinguir se não extinguisse os animais da praça em mim. Portanto saí fora, se é isso o que você quer saber. O problema é que não sou mais nenhum moleque, e continuo o mesmo romântico incorrigível; ou seja, tenho saudades de mim mesmo e não sei se vou aguentar uma nova solidão aqui no Rio de Janeiro. A gente não devia nascer de novo tantas vezes, e tantas vezes ser assassinado pelas coisas que mais amamos. Sinto falta das minhas cabritas, das conversas com o Bactéria, e dos meus amigos paulistanos, gente que — depois de tudo e por incrível que pareça — ficou grudada na minha memória carioca. E que agora se transformou em paisagem. Ou melhor, neblina. Tava aqui pensando, Barletta. Se um dia eu for uma alma penada, acho que vou bater ponto aí na praça Roosevelt. Mas se dei o pinote — diz pros manos aí — foi por instinto de sobrevivência. Só isso. E quer saber de uma coisa? Aquele lugar estava fazendo mal pro meu estilo. Eu havia morrido, vai me dizer que não percebeu? Ora, você acompanhou os cortejos, e é testemunha: eu estava virado num oráculo, e até de vidente dei meus pitacos, e o pior, acertava todas as profecias. Diga, algum vaticínio meu não se cumpriu? Só pra sua informação, foi ela sim, foi nossa querida Marisa quem ajustou o ponto de interrogação no meu laptop, interprete isso como quiser. Claro que sinto saudades, sobretudo porque — nos seus últimos dias — ela confiou em mim. Nunca ninguém tinha confiado a esse ponto. E eu não soube fazer nada, não podia fazer nada, além de dar acolhida e pagar um bife à parmegiana. Lembra? Antes de toda aquela cagada ela passou um dia inteirinho na minha quitinete, sob minha proteção. Veja só que responsabilidade a minha, logo eu! Nessas horas penso na dona Marietta, que queria saber "é livro do quê?". De merda nenhuma, mãe. Não serve pra nada. Se eu fosse um garçom daria na mesma: iria servir a última refeição à Marisa. Não pude fazer nada além disso. Não, não quero mais lembrar daquela história triste, apenas desejo as flores amarelas do Noel Rosa para ela, seja lá onde ela estiver. Para você também, Barletta. Foda, né? As pessoas se agarram a qualquer porcaria que apareça na frente delas. E isso é perfeitamente compreensivo, e muito triste.

— Ela só tinha vinte e oito anos.

A mentira é a âncora mais segura, Barletta. E, agora, independentemente das necessidades das "pessoas", eu preciso de um copo d'água. E você, maluco...? Porra meu, daqui a pouco você faz cinquenta anos! Se liga! Eu sei que o fato de eu ter chegado na hora desviou sua atenção, mas eram três e você era (ainda é, apesar de tudo) apenas um tampinha metido a besta. Três carecas? Também tem uma coisa que não consigo entender: de onde você arrancou aqueles paralelepípedos se a rua da Consolação é toda asfaltada? Outra coisa: é verdade que você não comeu o cu da Gretchen porque era comunista na época? Porra, Barletta, era o cu mais cobiçado do Brasil! Peraí, meu. Deixa eu perguntar um pouco, cazzo! Sua excêntrica figura é cercada de lendas e mitos, e antes de conhecê-lo, foi o Wiltão quem nos apresentou, lembra?, pois então, antes de conhecê-lo, eu jamais poderia imaginar que você — cabeludo do jeito que é e elegantemente mal-encarado — havia recebido a mesma educação adventista que eu, lá nos idos dos 70's. Achei que aquela fase da minha vida fosse um pesadelo particular e ultrassigiloso, mas eis que você, Barletta, irrompe feito um íncubo do nada glacial, e me diz que passou anos e anos trancado naquela prisão chamada Luzwell! Não acredito! Ou melhor, vou fingir que acredito. Só não vai me dizer que sua mãe também gostava de chupar um grelo e que você, também, foi "convidado a se retirar" — a proposta é no mínimo curiosa: do inferno pra onde? — daquele inferno? Porra, meu! Tá querendo me deixar maluco? Eram três carecas! Neonazistas, cada um devia ter três vezes o seu tamanho. Aonde? Ah, tá. Isso eu não posso contestar porque realmente você estava com os paralelepípedos nas mãos, e se você me dissesse que os trouxe de maio de 68 eu teria de acreditar da mesma forma, afinal fui eu quem chegou naquele instante, né? Cazzo, eu vi! O pior é que eu vi, e tenho de acreditar. O que mais gostaria de saber? Merda, merde, shit. Uma hora esses dois iam atravessar a linha. Não tinha como escapar, eu mesmo dei a brecha. Fante e Bukowski, ah, esses dois... não, a mim nunca causaram nenhum tipo de embaraço. Nem o mais óbvio que seria o da influência. Não vou ser arrogante e dizer que os superei. Literatura não é corrida de cem metros rasos, para minha infelicidade. Mas se fosse... já pensou Barletta? As coisas seriam mais fáceis, né? Ia ter muito estorno bancário, muito picaretinha ia ter de me devolver o dinheiro de uns prêmios gatunados por aí. Nem Fante, nem Bukowski, muito menos Dostoiévski. Digamos que achei meu caminho. Talvez aos leitores desatentos, que ainda insistem em comparar meus livros com os livros deles, talvez a esses leitores cause algum tipo de embaraço ou confusão — sinceramente, esse tipo de gente não me interessa. E, afinal de contas, ir do "nada a lugar nenhum numa Transamazônica" — como você diz, Barletta — não é um privilégio somente meu; estamos todos no mesmo fim da picada. Pior é não ter comido o cuzão da Gretchen. Aleluia, Gretchen! Desculpe, Barletta. Não resisti. Machado de Assis? Teve a mesma influência da Márcia Denser. O li, da mesma forma que li os livros da Márcia, depois de ter escrito meus melhores livros. Depois, entendeu? Isso que foi minha salvação. A coisa é intrigante. Existem passagens na obra da Márcia e de Machado de Assis que são idênticas às minhas, as mesmas palavras, os mesmos períodos, a mesma situação. Antes da Márcia, descobri Machado de Assis, e achei que estava sofrendo de encosto. Quase entro na Universal pra resolver a questão. Na verdade, Márcia me livrou de Machado, porque ela está viva e eu descartei a hipótese de "encosto, obsessão" ou algo que o valha. Uma vez, no táxi, o dia quase amanhecendo com trinta anos de atraso, Márcia Denser me disse: "meu prazo de validade venceu". Claro que devia tê-la beijado, mas sou um bundão, você me conhece, Barletta. Um bundão que escreve para se vingar, por acumulação e espanto; e se Deus existe, e não está do lado da Ivete Sangalo, eu gostaria de pedir a ele que me livrasse do suicídio, que me conservasse a ira, a acumulação e o espanto, e que Deus não permita que depois da reforma ortográfica acabem com o futuro do pretérito, porque se me tirarem o futuro do pretérito, eu peço a conta e vou embora. Caramba, Barletta! Verdade, eu deixei passar batido! Agora lembrei, assim, do nada, lembrei o nome do biscoitinho que me deu as ruas e as esquinas do Rio para que eu as atravessasse de olhos fechados, engraçado; cada um tem a *madeleine* e o Louvre que merece, uma merda de biscoito cujo sugestivo nome tem tudo a ver comigo e com os presépios aqui do Rio de Janeiro; se eu lhe dissesse que o nome do biscoito é *mentirinha*, você acreditaria?

Quarta parte

FESTINHA NA MASMORRA

Descobri um clube de sadomasoquismo que fica perto do metrô Carrão. Ando muito escroto ultimamente, e resolvi arriscar ir até lá para ver se acho uma vítima que corresponda às minhas insídias. A última vez que consegui chegar a termo foi num mosteiro da colina de Wilhelminenberg, a oeste de Viena, um mês antes de o muro de Berlim cair. O seguinte. Sou adepto de uma prática sexual hedionda. Nos dias de hoje essa minha perversão é discriminada e repudiada até pelos mais contumazes coprófagos. Quase um crime. Vou lá na masmorra do Tatuapé — apenas — para dar uma pinta de "tarado observador". Se revelar minha esquisitice o clube fecha, tenho certeza. Corro o risco de ter meu nome banido de todos as masmorras sadomasoquistas do Brasil, e quiçá do exterior

Coprofilia para quem não sabe é tesão por merda. Não é meu caso, infelizmente. O meu caso é bem mais grave. Todos os dias rola uma festa diferente no Clube Dominna. Nessa sexta-feira vai rolar a festa dos podólatras. Coisa leve. Mas não deixa de ser uma oportunidade para travar contatos. Reconheço minhas vítimas pela sombra.

Aliás. Na última sexta-feira de cada mês o Clube Dominna promove a noite dos podólatras. São homens que têm fetiche por calcanhares, solas, unhas manicuradas, dedão, chulés e mais uma infinidade de utilidades insuspeitas que um pé feminino, além de caminhar até a padaria da esquina e eventualmente administrá-lo na bunda do ex (falo do prosaico pé na bunda), poderia ensejar. Incluam-se havaianas, sandalinhas em geral e saltos perfurantes. Que servem pras "rainhas" caminharem sobre os marmanjos. O nome disso é *trampling*. Geralmente os pés em questão são femininos. Mas há mulheres podólatras também. Há de tudo. Mulheres que adoram pés de homem. Ou que adoram pés de outras mulheres (chulés lésbicos). Etc., etc.

O princípio do sadomasoquismo e do ar que respiramos é o mesmo: submissão e jugo. Se fulano disser "não" leva porrada, então tudo é consentido. Será que alguém vai me encarar?

Cheguei na masmorra às 23h30. Fui logo puxando papo com um anão. Ele estava sentadinho em cima do balcão do bar, e tomava um coquetel tropical ou algo que o valha.

— E aí, baixinho... beleza? Qual é sua praia?

Dengo, o anão, esperava sua dona ou "domme" chamá-lo para uma sessão de humilhação individual. Porque existem vexames individuais e coletivos. Disse que era um "slave" e que gostava de se vestir de empregadinha. O tesão dele era ser subjugado por mulheres, servir de cinzeiro, capacho.

— Porra, anão, você é viado!

Ele se ofendeu, saltou do balcão... e chamou o segurança. Me levaram à presença de uma tal de Aisha, que tentou me explicar quais eram as regras do clube. Depois descobri que essa Aisha era a "domme" do anão. Ela tentou me convencer que o anão era muito macho. Eu não quis polemizar: minha intenção era outra. Fingi que aceitei as explicações da mulher, e ela se deu por satisfeita. Voltei ao bar, e pedi uma dose de uísque.

Na casa existem várias salas. Depende do gosto do viado, digo, do freguês. Jaulas as mais variadas; correntes, arreios e uma tal de Cruz de Santo André que me deixou intrigado. Mas não fui perguntar para que servia. As designações e os nomes que os "entendidos" usam para eles mesmos, e para as putarias que fazem, chegam a ser quase uma piada. Domme Aisha, Rainha Têmis. Lord Dragon. Etc., etc. Se meu filme já não estivesse bastante queimado por conta da treta com o anão, juro que ia ter um acesso de riso quando um fulano veio falar comigo e apresentou-se como o Conde Black-Nazi. Mas consegui me segurar:

— Qual seu "nick" no chat? — perguntou-me o Conde Black-Nazi.

Ah, esqueci de um detalhe. Foi através do chat de Sadomasoquismo no UOL que descobri o Dominna. O clube promove cursos e palestras e é "tudo muito higienizado". Gente séria frequenta o lugar: donas de casa, juízes, empresários, secretárias bilíngues. E evidentemente eles não são xaropes, bem como nosso amigo Dengo não é boiola. Mas não vou aqui aborrecer os leitores (mesmo porque nem todos são masoquistas) e tentar explicar o que não tem explicação. Basta dizer que — diante de tanto autoconhecimento e subversão — resolvi que meu "nick" no chat do UOL seria "Primário Completo". E foi assim que me apresentei ao Conde Black-Nazi. Ele não entendeu a brincadeira, deu de ombros e foi embora com um espanador enfiado no traseiro.

Se eu ficasse mais dez minutos ali, e tomasse mais umas doses de uísque, seria capaz mesmo de acreditar que o anão era de fato muito macho. Dengo oferecia salgadinhos vestido de doméstica. Os podólatras — todos igualmente muito machos — serviam de tapete prumas gordas metidas a mandonas pisar em cima, e eu já estava quase dormindo de tanto enfado e decepção. Depois do ocorrido nas colinas de Wilhelminenberg, não seria naquele lugar caipira que alguém ia dar conta das minhas sujeiras inconfessáveis. Não sou de estragar a festa dos outros. Pedi um táxi, e fui embora.

Mas meu saco estava tão cheio, que resolvi abrir meu segredo para o taxista. Da última vez caiu o muro de Berlim. Que caiam todos os muros! Que venha o Apocalipse Now!:

— A luz tem que estar apagada. Sou adepto, adepto sim do... papai e mamãe — e com requintes de crueldade! Isso mesmo: papai e mamãe! Faço questão de sussurrar um "eu te amo" no ouvido da incauta... e por nada nesse mundo tiro as meias dos pés. Por favor, motorista, siga o fluxo e me leve até a Love Story.

ENCONTRO NO CERVANTES

O Cervantes, no Rio, antes de ser um boteco, é um clássico. O sanduíche de pernil com abacaxi é disputado aos tabefes no balcão. O chope é servido à clef, os balconistas manipulam paletas e coçam o saco na frente de todo mundo sem nenhum pudor, e eu, sinceramente, não devia ter pisado lá. Tudo bem. O lugar, afinal de contas, é um clássico, e ninguém vai ligar de ser maltratado ou mal atendido por conta de pequenas imundices e/ou desvios românticos cometidos pelos atendentes. Praxe.

O importante é fingir que é assim mesmo, e que a gastronomia, cazzo! — como o samba de raiz —, é uma grande arte.

De qualquer forma, essa não é uma crônica cultural, nem gastronômica — em que pesem as mentiras e a inverossimilhança que essas denominações possam vir a suscitar. Né?

Eu, aqui, nos meus delírios caipiras antediluvianos, antes de morar em Copacabana, ouvia o nome desse boteco e imediatamente o associava às suíças de Vinicius de Moraes nos idos de 1969. Um anos antes — acho que sim — de ele se mandar para a Bahia. Por isso, peço desculpas aos leitores pelo "clássico Cervantes", e pela dica do pernil com abacaxi. Que, a despeito do mau atendimento e da sujeira, é uma delícia.

Quero dizer que nasci na Mooca, sou neto de imigrantes italianos prósperos, semianalfabetos e endinheirados que aportaram nesse país antropofágico fugidos da Segunda Guerra Mundial. Torço pelo Moleque Travesso (que é o Juventus lá da Mooca), e o Rio de Janeiro, para mim, além de ter sido uma miragem negligenciada por décadas, era, antes de qualquer coisa, assunto proibido.

Íamos à praia do José Menino, e não cogitávamos sequer atravessar a balsa para tomar um sol no Guarujá — que era a praia dos judeus, e de gente metida à besta, segundo nona Carmela. O máximo que a nona permitia era sorvete de pistache na praia do Boqueirão, e olhe lá. Não tinha esse papo de criança "participar do processo". Nós, os pirralhos, éramos algo que hierarquicamente significava menos do que as mulheres, seres subalternos: "impiastros". Ou seja: prestávamos para aliviar o tesão daquelas velhas de preto maltratadas, ter as bochechas apertadas de minuto a minuto, e levar porrada, muita porrada.

Eu passava meus dias cheirando acetona.

Estudamos, eu, meus primos e quatro irmãos, no Dante Alighieri. Um colégio de "oriundis" endinheirados, e, recentemente, praça de atuação da Bruna Surfistinha. Ela comeu muito pirralho problemático por lá. Na minha época era a tia Olga que dava conta da molecada. Sou formado em Administração de Empresas. E tenho o pinto grande — para o bem e para o mal.

Qualquer lugar do planeta, lá nos idos dos 70's, Miami por exemplo, sempre foi mais perto — e sobretudo mais seguro (sob todos os aspectos) — do que o Rio de Janeiro.

Bem, o tempo passou, as nonas morreram e devem estar queimando no quinto dos infernos, mamãe se matou, e papai está completamente xarope por conta de um AVC que o detonou em 1999, dez anos depois da queda do muro de Berlim, e vinte anos depois que o Gabeira apareceu com uma tanga de crochê na praia de Ipanema. Naquele dia, lembro como se fosse hoje, teve um quebra-pau dos diabos em casa porque, segundo papai, o general Figueiredo resolveu fazer a besteira de chamar "esses malditos comunistas de volta".

Vou repetir: o Rio era "assunto proibido". Tenho trinta e seis anos, moro em Copacabana e a minha melhor amiga chama-se Dynamara Bittencourt, um travesti monstruoso que me convidou, hoje de tarde, para ir ao Cervantes a fim de tomarmos uns chopes e traçar uns sandubas de pernil com abacaxi.

Ah, quase esqueço de contar. Virei um travecão mais feio que a Dynamara; além do salão de beleza na Barata Ribeiro, administro — com sucesso, diga-se de passagem — 300 gramas de silicone em cada teta. Tô parecido com as minhas ex-nonas, e adoro praticar sexo oral em movimentos circulares e espiralados vendo os DVDs do Fellini. Às vezes me olho no espelho, e não acredito no que aconteceu. Virei uma loura monstruosa. Só mesmo a Dynamara pra me encarar. Quer dizer: "encarar" é força de expressão: porque, se algum dia eventualmente rolasse um papai e mamãe entre nós duas... bem, ia ter óbito na certa.

Ela mais me enraba do que eu a enrabo. Coisa natural: sempre fui passivo, e me acostumei desde cedo a levar cascudos. Agora, vou dizer uma coisa: antes de ganhar a vida com os gringos no calçadão de Copacabana, Dynamara era João e trampava de ajudante de pedreiro em Queimados, na Baixada Fluminense. Não tem vocação para ser travesti. Tampouco eu. Que, no começo, dava o rabo por tesão e sem-vergonhice, depois o que prevaleceu mesmo foi o curso de Administração de Empresas da FGV, e — é claro — um tino natural para os negócios herdado de papai.

E lá fomos nós, as duas princesas, eu e Dynamara, tomar uns chopes e comer uns sandubas de pernil com abacaxi no Cervantes.

Não sei se foi pelo nome pronunciado, ou que diabos passou na minha cabeça, mas os pudores todos da educação caipira da qual fui vítima voltaram à tona quando a Dynamara pediu um porção de provolone à milanesa.

A senha foi a palavra "provolone".

Meu inconsciente mediterrâneo baixou, e junto com ele uma razão alucinada da qual, aliás — agora depois de a cagada feita —, tenho até um certo orgulho. Aconteceu mais ou menos o seguinte.

Ouvi uma conversa sobre samba de raiz & Arnaldo Antunes. Tudo bem que eu sou uma aberração. Um travesti monstruoso. Uma contradição ambulante em si: e é por isso mesmo — e porque o Arnaldo Antunes resolveu se juntar ao Paulinho da Viola — que não abro mão, entre outras coisas, dos meus preconceitos ancestrais.

Interrompi a conversa, subi nas tamancas, e caguei minhas regras.

Disse pros descolados: "Paulinho da Viola é um pé no saco. Você — apontei para um descolado-emo de franjinha — consome o sujeito como se fosse um pernil para viagem. Ou pior: como se fosse um Arnaldo Antunes! Sabe por quê? Vou dizer: porque quem consumia Arnaldo Antunes na versão rock and roll (aí generalizei) — 'vocês mesmos seus bostas' — hoje está aqui, ao meu lado, se acotovelando no lendário Cervantes... lendário, hein? Cambada de bundões, peguem no meu pau!".

Dynamara me pediu calma. Disse que eu tinha classe, e que eu não precisava me "diminuir". O caralho, Dynamara, retruquei. Vou falar! Então botei meus peitões pra fora, e continuei: "Quero ver agora, seus bostas, vocês discorrerem alegremente — e com propriedade — sobre Paulinho da Viola, e o verdadeiro samba de raiz. Vão tomar no cu!".

Desde quando encher a cara de chope, e se empanturrar de pernil é arte, Dynamara?

Quase tivemos, eu e Dynamara, que sair no braço com os garçons... mas eles arregaram, depois que eu disse que era eleitora do Clodovil.

E ficamos nós duas, lindas e poderosas, sentadas no mesmo lugar: "E essa porra de provolone à milanesa, sai ou não sai?".

Os descolados tiraram o time de campo. E foi aí que a coisa aconteceu.

De repente, tive um tesão danado por uma garota sentada na mesa ao lado. Há muito não sentia tesão por mulheres, e a garota retribuiu. Olhares, e tesão incubado. Tive, sei lá, umas quatro ereções no intervalo de meia hora, e Dynamara, que não é boba nem nada, percebeu.

Foi tirar satisfações com a garota, e se deu mal. Muito mal.

Nessa mesma noite dei um pé na bunda da Dynamara. Saí de lá com a garota. O nome dela é Claudinha. Me casei, tive dois filhos, e nunca mais quero pisar no Cervantes. Odeio samba de raiz, e gente que não sabe dar o devido valor a um sanduíche de pernil com abacaxi.

MEU ESTIMADO POLTERGEIST

Quando conheci Gil, poltergeisters disputavam o pouco espaço da quitinete comigo, xícaras arrebentavam do nada, objetos voavam da estante, e uma série de fenômenos inexplicáveis me enchiam o saco. Vozes, vultos, deboches, pragas e danações. Eu me virava com o Pai Nosso, e procurava pensar em pores de sol, rocks rurais e passarinhos. Não adiantava nada. A coisa piorava quando eu invocava Zé Rodrix, Sá & Guarabira; nessas ocasiões nem conseguia entrar na quitinete.

As almas penadas não acreditavam: eu também podia ser zombeteiro. Tinha que me defender, ora bolas. Hoje não estou nem aí pro sobrenatural. Digamos que eu e o Sobrenatural de Almeida entramos num acordo, Nelson Rodrigues foi meu fiador.

Mas naquela época — antes de ler as crônicas de Nelson Rodrigues — fui pedir ajuda a Gil... logo ela, o maior poltergeist de todos, logo ela, que poderia ter resolvido todos os meus problemas naturais e sobrenaturais, se tivesse sido um pouco menos intransigente comigo.

Gil, além de única filha e legítima representante de uma capitania hereditária no Judiciário (isso existe), também era professora de ioga, e adorava jantinhas em bangalôs, bistrôs e — evidentemente — temakerias. Nada demais. Tudo dentro do padrão. O problema é que Gil era AMIGA do "sushi-man", e escrevia livros de autoajuda para neuróticas como ela que frequentavam a feirinha da praça Benedito Calixto. Foi lá que marcamos nosso primeiro encontro. Fazer o quê? Só pensava em comer a Gil, e ia pagando o mico de passear com ela no meio das barraquinhas desencanadas, eu e meu pau duro.

Todos os sábados um circo de esotéricos, naturebas, brechós e afins se instala, ou melhor, "incorpora" na praça Benedito Calixto. Um negócio que, às vezes, por mais estranho que pareça — não tenho explicação — consegue ser simpático. Quer dizer, essa é a visão que eu tinha porque queria comer a Gil: tudo se explica quando a gente está a fim de comer uma garota. Nada se justifica.

Gil já havia gastado uns duzentos reais em quimonos de brechó e incensos, e eu servia de cabide para ela, carregava velas coloridas e gnominhos debochados. Estávamos praticamente picando a mula, já era hora de comer alguma coisa — não necessariamente Gil naquele momento — e invariavelmente um sushi no japonês mais próximo. Eu me esforcei, juro que sim. Nesse lusco-fusco, apareceu um velho hippie na nossa frente. Gil teve uma iluminação. Ela me garantiu que sim, era uma "iluminação".

Queria que eu lhe "ofertasse" um presente. Eu disse que gostava muito dela, e me empenharia em engolir as massinhas coloridas do japonês. Não, não. Nada disso.

Ela pedia mais. Fiz uns cálculos comigo mesmo, pensei muito em São Francisco de Assis (afinal eu também era um cara espiritualizado) e cheguei à conclusão de que poderia sair no lucro, a conta era simples: trocaria o tal presente por sexo. O velho hippie parecia uma alface sorridente. Uma alface sorridente que vendia... pedregulhos.

Sim, o filho da puta vendia cascalho. Gil cismou com uma porra de pedra, que tinha um ângulo mágico voltado para o lugar do meu desarranjo espiritual. O problema — pelo que entendi — localizava-se no chacra número 8. Por causa dele, o sobrenatural estava dando chabu lá na quitinete. Ela me garantiu que a energia do cascalho iria purificar a casa número 8, e assim eu me livraria das "forças negativas", acho que era isso.

O filho da puta do cara de alface salivava. Eu queria esganar aquele velho hippie cabeludo. Gil armou um chilique por causa do cascalho. Era um encontro entre o cascalho e o meu caminho de Santiago de Compostela via Galeria Pajé.

Uma pedra no meu sapato. Ou cascalho da minha vida — interpretem como quiserem.

A questão: eu — somente eu, ninguém mais — poderia comprar o cascalho. Como se o bendito pedregulho não estivesse em exposição. Pensei que Drummond jamais cogitaria numa pedra dessas no caminho dele, por isso fazia poesias. Gil me falou em "oferta". Seguinte: eu teria que, em primeiro lugar, comprar o pedregulho e depois o "ofertaria" a Gil numa cerimônia sobrenatural, evidentemente empestada por incensos e mantras, comidinhas exóticas, e "dança do ventre, né, Gil?". Não, nada de dança do ventre.

A partir daí Gil "prepararia" o pedregulho e, juntos, comungaríamos com alguma energia superior no plano astral... se bem entendi. O velho hippie olhava pra mim como seu eu fosse amigo dele. Me senti uma mandioquinha hidropônica, pronto para ir pra panela do filho da puta.

Continuei com meus cálculos: se nós iríamos "comungar" com o sobrenatural, bem, isso queria dizer que iríamos... trepar, foder, eu ia finalmente comer Gil, pela frente e por trás. Perfeito.

Gil já havia entrado em emanações e transes hipnóticos. Nisso, o sórdido e velho hippie, anunciou o preço do cascalho, assim, bem baixinho, todo humilde feito um Gandhi do Paraguai: "duzentos reais".

Quis mandar o velho hippie enfiar a porra do cascalho no meio do rabo. Velho hippie filho de uma puta, mas os peitões bicudos da Gil, livres e leves e soltos, atrás da bata indiana, diziam o contrário, ou seja: "compra".

Depois desse episódio, eu é que resolvi ser o próprio poltergeist lá da quitinete. Os objetos começaram a voar por minha conta e risco. Teve um dia que joguei, lá do alto da quitinete, o troféu de quarto lugar do Prêmio Portugal Telecom na cabeça de um traveco. O terceiro lugar ganhou quinze mil reais, e um troféu idêntico.

Aquela porra de troféu lembrava minhas falecidas hemorroidas. E só pra encerrar essa história, já que falei em sacanagem, falecimentos e hemorroidas, quero dizer que tentei o impossível. Fiz um esforço danado, o sobrenatural é testemunha. Me superei. Comprei a pedra do velho hippie filho da puta, e Gil não deu pra mim.

CANJICA

Depois de tanto tempo na estrada, pagando por um sexo agônico e já desenganado pela Marisete, a perspectiva de uma garota dormir e, principalmente, acordar comigo na minha cama, era algo — digamos — improvável, para não dizer insólito. Mesmo que a garota fosse a Nelci, de calcanhar sujo.

Sacanagem da minha parte dizer que Nelci tinha o calcanhar sujo. Ela não era necessariamente uma tranqueira. Até que foi muito delicada comigo, e me dedicou um poema chamado "Canjica".

O problema é que eu era/sou um cafajeste que, em vez de encerrar a questão e jogá-la do décimo sétimo andar da minha quitinete... bem, acabei por gostar da Canjica da Nelci, isto é, do poema e não da canjica propriamente dita, aquela que fica espalhada entre o púbis, o play e a área de serviço.

E como se não fosse o suficiente, ainda a levei para comer pastel na feira, andamos de mãos dadas... e — é claro — brochei seguidamente com ela porque, embora cafajeste, não era/nem sou nenhum filho da puta incorrigível.

Além do calcanhar sujo, o cabelo da Nelci também era meio esquisito. Um negócio rastafári pela própria natureza.

As opiniões dela faziam coro ao conjunto da obra. Uma bosta estar escrevendo isso aqui. As brochadas seguiam feito uma maldição. Nem o Batata. Tampouco o Salsicha. Até o Regisnaldo, o grande arquimandrita poliglota, o maior avestruz dos meus amigos, declinou.

Ela foi a primeira garota do meu retorno a São Paulo. Uma história paulistana. A primeira garota típica de fila de cinema de graça do Centro Cultural São Paulo que quis dar para mim. E eu me sentia lisonjeado e, em princípio, não estava nem aí com as bobagens que ela falava. Consta que o único cara que conseguiu não somente encarar a Nelci, mas ter um "relacionamento" duradouro com ela, foi o Garcia Furtado.

Depois da Nelci, o sujeito fez uma das traduções mais perfeitas de que se tem notícia do *Finnegans Wake*, clássico dos clássicos de James Joyce — intraduzível até pelo autor no próprio idioma. Uma proeza indiscutível. Todavia uma proeza que eu —depois de ter passado uma semana com Nelci — só poderia classificar como "café pequeno".

Quando penso que eles dormiam e acordavam juntos, meu sentimento é de incredulidade. Decerto se misturavam debaixo dos lençóis ao som do Robertão, vai lá saber. E da cama iam direto pro chuveiro, e lá debaixo d'água se davam bom-dia aos beijos. A gente pode esperar qualquer coisa de um sujeito que traduziu *Finnegans Wake*. Em seguida tomavam o café da manhã, olhos nos olhos. Depois iam ao supermercado de mãos dadas, Nelci e Furtado, e conversavam sobre os problemas do país, sabe-se lá.

As más línguas garantem que compraram um chihuahua, e o cãozinho foi o motivo do rompimento do casal. G. Furtado queria chamá-lo Dedalus. Nelci, porém, não abria mão de sua Canjica, para ela o nome Canjica encerrava todas as demandas, a poética e a ética, a humana e a canina.

Era uma filosofia de vida superior. Dedalus é o cacete, tá ligado?

James Joyce? Questão de principiante diante da convivência diuturna ao lado de Nelci, a mulher canjica. Você é um herói, G. Furtado, e deve ser um grande sujeito também.

* * *

Foi na Copa de 2002.

Naquela época, eu passava minhas noites no bar do cearense, que fica na frente do CCSP. Onde conheci a Nelci e o Bactéria. Hoje, o Bac é meu grande chapa, ele que era bilheteiro do falecido grupo de teatro Cemitério de Automóveis. O homem sorriso, a simpatia do guichê.

Bar do cearense. Um lugar frequentando pelo pessoal sem grana que mosqueava no CCSP, além dos artistas e dos bebuns de praxe. Pois bem. A Copa do Mundo coincidiu com a mostra de teatro, 1 real a entrada, um frio dos diabos, e o boteco cheio. Em meio a uma discussão acalorada sobre os jogadores bons-moços de hoje, e os bandidos que sentíamos falta de ver na seleção, entre uma e outra talagada violenta de conhaque, na euforia da lembrança de Paulo César Caju, quando cotejávamos o futebol arte com a babaquice da dupla Zagallo & Parreira e, imediatamente depois dos elogios rasgados a Romário, quando alguém associou o Baixinho à ilustre memória de Serginho Chulapa, bem, nesse momento, Nelci interrompe a discussão aos gritos.

Ela conseguiu — vejam só — silenciar a arquibancada e a geral justo na hora em que o inigualável Serginho Chulapa ia chutar a cabeça do Leão:

— Gente, gente! Chega de passado! Vocês tem que valorizar o que é nosso hoje. Somos penta!

Difícil defender a Nelci. Tinha o problema da voz esganiçada. O chapeuzinho ensebado. Em uma palavra e em todas as situações: Nelci era inconveniente.

E ela grudava, pegava no pé e estava cheia de projetos e pesquisas em andamento. "Cê tem que ficar ligado, cara! Genial, cara!"

Tudo para Nelci era "genial, cara!". Tinha o dom de se intrometer em todas as conversas, independentemente do assunto, deixava sua opinião genial registrada, além de empatar a foda de todo mundo, também se enfiava no apartamento dos caras para não sair nunca mais.

Nelci fez cocozinhos de peixe na minha privada. Não sabia dar a descarga, e — para o bem e para o mal — não tirava aquele chapeuzinho verde da cabeça... tipo de ladinho. Embaixo do chapeuzinho, o cabelo rastafári.

Não sou um cara exigente. Muito pelo contrário. Frequentei muito o Bailão do My e já encarei muito tribufu na minha dolce vita, mas, toda vez que tocava no cabelo rastafári da Nelci, eu sentia vertigens da época que morava em Florianópolis. Aquilo me lembrava reggae e maconha, a Ilha da Magia, essas coisas que eu não posso nem cogitar que logo o Djavan aparece no cambulhão, e aí, mano, é vômito certo. Uma coisa é o rastafári de salão, outra completamente diferente é nascer com o Demônio da Tasmânia encruado no couro cabeludo.

A mulher canjica, do bom coração aloprado. Assim era Nelci. Nem vou falar sobre minhas seguidas brochadas. A essa altura do campeonato é algo perfeitamente compreensível e redundante. Né?

Levei pra casa.

"Genial, cara!" Eram umas oito horas da manhã. Ela dormia profundamente. E eu precisava tomar uma atitude. Pulei da cama para escrever. Abri as cortinas pra ver se ela "se ligava" e dava o pinote. Por incrível que pareça, em 2002, eu ainda escrevia numa Olivetti Lettera. Comecei a batucar violentamente na maquininha de saudosa memória: "*o que me incomoda em Leminski são as piscadelas de cumplicidade... etc., etc.*".

E ela nem aí, continuava a roncar. Nelci roncava, e — é claro — deixava escorrer uma babinha desencanada da beiçola, a mesma babinha todas as vezes, o que me irritava era o fato de que era sempre o mesmo desenho que se projetava no meu lençol. Canjica.

O que significa James Joyce, eu me pergunto, perto da babinha de canjica da Nelci? Nada, papo de esotérico, punheta de concretista pré-histórico, esmegma literário.

Da mesa de trabalho, observava o calcanhar sujo dela. O calcanhar sujo de Nelci... que tristeza. Nelci também atacava de atriz, porém o calcanhar nada tinha a ver com o tablado, era uma característica dela, intrínseca, feita sob encomenda pelo mesmo DNA que já havia sacaneado a pobre coitada com aquele rastafári natural. O que dizer?

Bem, serei generoso e direi apenas que o calcanhar sujo atrapalhou minha concentração. Eu tinha que dar um jeito.

O ponto fraco dela (provavelmente por falta de compreensão) atendia pelo nome de Paulo Leminski. Nelci veio de Londrina, e eu não sei o que acontece com esse lugar. Deve ser a água do rio Tibagi. Sei lá. O tal do Lemisnki é um Deus por aquelas bandas. Não é que ele seja ruim, até que tem umas coisas boas.

O problema são as viúvas. O cara deixou viúvas físicas e metafísicas. De longe, prefiro as viúvas do Antônio Marcos. No enterro do músico, tinha pelo menos sete. E eram muito mais gostosas; a Vanusa e a Débora Duarte até que davam uma meia-sola. Mas as viúvas do Leminski, porra, são muito geniais pro meu gosto, se é que me faço entender. Metidas a *cult*. Um nojo. Para ser mais objetivo, diria que até as viúvas do Raul Seixas são mais palatáveis; a diferença, no caso das viúvas do Leminski, é que você (no caso eu) não pode nem tirar um singelo sarro, e dizer que elas são histéricas, por exemplo.

E o mais grave, as viúvas do poeta curitibano ostentam uma sabedoria ancestral, algo que fica entre um zen-budismo de feirinha hippie e o sovaco do chapeiro. Elas "incorporaram" a sapiência bacon-zen do poeta como se fossem exaustores de boteco, e é essa gente, enfim, que, a pretexto de uma erudição que é pura gordura e não é delas, mas do "bandido que sabia latim" (percebem como tenho boa vontade?), são elas que vem cagar zen-torresminhos a 12% nos meus cornos. Puta chatice. Nelci, que sabia apenas juntar o precário verbo "se liga" com o abominável "genial, cara!", enchia o meu saco com o tal do Leminski; a fim de me intimidar — coitada... — citava o poeta quando atravessa a rua, quando peidava, quando exigia que eu ouvisse Rolling Stones (ela não se conformava quando eu dizia que preferia Pepino di Capri); enfim, Nelci não me dava uma trégua sequer, ela me aporrinhava com os seus cocozinhos de peixe, e até os girinos que ela largava na minha privada gritavam "Leminski, genial cara, se liga". Inferno.

Debaixo do chapeuzinho verde-ensebado, dia e noite, acordada ou dormindo, a desgraçada ruminava "genial cara, Leminski, se liga". Foi quando dei uma chacoalhada nela, e disse:

— Ouve só, Nelci. Ouve isso.

— Ahn...

— Acorda!, Nelci.

— Unhs... — fez esse "unhs" com uma intimidade que me deixou emputecido, e ensaiou acordar. Eu tive ímpetos homicidas. Ia jogar um balde de água fria naquela folgada.

— Ouve só o que eu escrevi sobre o Lemins...

Antes de eu dizer "ki" ela saltou da cama completamente pelada (até que tinha uns peitões legais), e protestou:

— Com o Leminski, não!
— Tá maluca, Nelci?
— Você não vai zoar o Leminski!
— Se liga, Nelci. Ouve só. Ouve!

Quando comecei a ler o que havia escrito, ela, indignada, se embrulhou no lençol e logo começou a catar as roupas espalhadas pelo chão. Antes de finalmente ir embora para sempre, me ameaçou:

— Isso não vai ficar assim.

Tive que levá-la à padaria. Ela pediu um misto quente, e depois daquele sanduíche, pediu um café com leite e mais um Tampico e mais a passagem do ônibus que eu, confesso, paguei com enorme satisfação e contentamento. Foi a vingança de Nelci. Para coroar sua fúria, ela me obrigou a acompanhá-la até o ponto de ônibus, perfeito. Antes de subir no Jardim Miriam, fez uma ameaça: "fica ligado, cara".

Intrigante, "fica ligado, cara", pensei, é uma variação de "se liga, cara". O que será que Nelci teria querido me dizer com isso?

Recorri a Paulo Leminski. Sejamos justos, ele é um grande escritor, tá ligado? E eu posso tranquilamente (e com autoridade) dizer que "o bandido que sabia latim" ultrapassou James Joyce. No meu caso, sim. Sem medo, afirmo e reafirmo: se não é melhor, é de fato mais eficiente. Eu acho até que ele transcendeu Domingos Autan, conhecem?

Na prosa leminskiana temos a associação da metafísica zen de boteco com a citronela, manjado repelente industrializado por Autan para espantar os mais ferozes borrachudos africanos. O efeito prático é devastador. James Joyce não chegaria a tanto. Nem aqui, nem em Dublin e muito menos na bacia do rio Tibagi — nosso estimado, erudito e excêntrico G. Furtado não me deixaria mentir.

Tanto é que Nelci escafedeu-se. A mulher canjica nunca mais apareceu. Se ligou. E isso é obra — tenho de admitir, reconhecer e tirar o chapéu — de Paulo Leminski. Não é genial, cara?

ON THE ROAD À PARMEGIANA

Não existem lugares inusitados. Para escrever, não. Inusitados são os acontecimentos, e o itinerário. Por exemplo, no meio do caminho você pode — sem perceber — ter sua alma subtraída numa praça de pedágio. Portanto, em vez de um percurso, um destino. Lembrei de Carol Dunlop e Julio Cortázar. O casal passou um mês na autoestrada que liga Paris a Marselha. Um trajeto de poucas horas virou um livro divertido, onde o casal de autores registrou muito mais do que alguns quilômetros rodados.

Mas eu quero apenas uma crônica, não quero mais *um livro*. Apenas um texto, uma viagem que (de certo modo) não é nem uma viajada na maionese, e que poderia ser diferente das outras. Talvez — na falta de tempo e criatividade — eu até reproduzisse uma crônica que escrevi já faz uns bons meses para uma revista. Quando me pediram o insólito, o inusitado. Gostei da ideia. Assim, eu teria liberdade para escrever sobre uma fábrica de misses que existe na Venezuela, e nem de longe tocaria no nome de Hugo Chávez. Ia ser legal — na iminência de uma crise mundial sem precedentes, e do preço do petróleo caindo vertiginosamente — falar "in loco" de cirurgias plásticas, medidas de busto, quadris e cultura geral das candidatas. Aposto que elas teriam na ponta da língua as façanhas de Saint-Exupéry. A linda Juliana Alfoya, miss Maracaibo, me contaria do pouso forçado que o escritor e aviador — nos idos da década de trinta do século passado — fizera na Praia do Campeche, no lado sul da Ilha de Santa Catarina. Ah, Juliana, que pena. Não rolou. O tempo da crônica é mais iminente que a quebra de Wall Street, e a história da miss Maracaibo, junto com minha ideia genial, foi pro beleléu.

O Beleléu, aliás. Que fica perto da Chapada dos Veadeiros, em Goiás. Seria um destino batuta... não fosse a lembrança que me ocorreu de uma praça de pedágio localizada em Jaguariúna, perto de Campinas. E que não tem nada a ver com aquele pedágio em que o diabo me subtraiu a alma, isso aconteceu antes, uns vinte e dois anos antes.

O ano era 1986, eu estudava Agronomia, e ia fechar um negócio com um corretor de café em Espírito Santo do Pinhal. Havíamos combinado de trocar os carros logo depois do almoço, e seguiríamos, ele no meu carro e eu no dele, até Jacutinga, cidade que disputava com Ibitinga, à época, o título de Capital Nacional do Bordado. O problema é que a crônica pede um clima de verão; portanto nada de malhas, e cachecóis. Esqueçamos as lãs, e a rivalidade entre Jacutinga e Ibitinga.

Bem, como eu dizia, em meados dos oitenta, eu tinha uma Ford F1000, e a minha ideia era deixar a camionete com o tal corretor em Jacutinga, e seguir rumo a Pouso Alegre-MG. Esse era o negócio, e mais umas sacas de café, e uma grana na minha conta corrente. Bons tempos, e ainda me sobraria um Monza novinho em folha, vermelho.

Naquela época eu fazia altos negócios, e nem desconfiava que a minha vocação era contar mentiras. Não mudei muito. Apenas envelheci vinte e dois anos, e continuo — digamos — na estrada.

Mas o que eu ia fazer mesmo em Pouso Alegre? No final do dia, se não ocorresse nenhum sobressalto, finalmente encontraria Thomas Green Morton, o mago dos magos. Quem tem mais de trinta anos sabe quem é o cara. Rááááá.

Antes, porém, tenho de voltar à praça de pedágio, lá atrás, em Jaguariúna. Foi lá que aconteceu a primeira coisa inusitada da viagem. Vejam só. Além de ter decidido que ia conhecer o homem que dominava a técnica de manipulação dos dezoito chacras, resolvi dar um cavalo de pau na camionete e trocar a cabine de pedágio três pela cabine quatro.

A tentação de escrever "como se tivesse sido puxado pra lá" é grande. Só depois de uns cinquenta quilômetros, perto do trevo de Mogi Mirim, é que notei que o recibo do pedágio veio acompanhado de uma boca de batom. Pensei em fazer o retorno de Itapira, mas já era tarde — não podia voltar em razão do encontro marcado com o corretor que me esperava em Espírito Santo do Pinhal. Tentava lembrar o rosto da mocinha do pedágio, e não conseguia.

Almoçamos filés à parmegiana no Clube Recreativo. Imperdível: o leitor desavisado que for a Espírito Santo do Pinhal não pode deixar de comer o filé à parmegiana no Clube Recreativo. Em 1986 era ótimo. O corretor era um cara engraçado porque tinha pressa, e manipulava os talheres à clef. Eu preferi pedir um manjar de coco de sobremesa.

Quando vi já estava dirigindo outra vez. Fazia muito calor, e tive que entrar nas estradas de Minas Gerais. Isso queria dizer buracos. A estrada que ligava Ouro Fino (aquela mesma do "Menino da Porteira") à Pouso Alegre parecia um queijo suíço, foi a conclusão precária que a estrada me inspirou, e aonde consegui chegar.

E esse tipo de "conclusão" era a única coisa que eu podia fazer em virtude do calor, e dos buracos — e isso me incomodava, e muito. Embora não soubesse, desde aquela época, eu já era um cara que, acima de tudo, prezava pelo estilo. Mentiroso, mas com estilo.

A garota do pedágio tinha cabelos compridos, e era morena, acho. Lá pelas tantas, cansado e intrigado com aquele recibo de pedágio borrado de batom, parei num posto de gasolina. Ainda lembro; segui para a lanchonete, e pedi a Coca-Cola mais gelada. Num arroubo de boa vontade, ofereci um gole para a garota que estava encostada no balcão. Linda, loura de olhos negros. Uma garota meio hippie; vendia penduricalhos, e negociava uma carona até Pouso Alegre. Eu disse que sim, era meu caminho, e até fiz uma brincadeira sem graça com ela: "Deve ter sido um festão, mas Woodstock acabou faz uns dezesseis anos".

Loura, olhos negros. Sorriu, abriu minha mão com muita delicadeza, e me deu uma semente de presente, acho que era de figo da índia, e disse: "guarda".

Nesse instante, o balconista me chamou a atenção. Apontou para a bomba de gasolina, e disse que minha camionete obstruía a passagem de um caminhão-tanque. Nem havia notado a chegada do caminhão, pois a conversa com a moça me absorvera completamente. Mais um pouco e a pediria em casamento. Bem, fui até lá e resolvi o problema. Quando voltei, a hippie não estava mais na lanchonete.

"Ué, cadê a moça?"

"Que moça?"

"A hippie que estava aqui nesse balcão quando cheguei."

"Hippie? Que hippie?"

Depois de uma discussão inútil, e depois de ele ter jurado de pés juntos que não havia ninguém naquele lugar, a não ser nós dois e o motorista do caminhão-tanque que chegara naquele momento, depois disso, e de eu ter perdido a semente que a garota havia colocado em minhas mãos (figo da índia?); enfim, depois desse aborrecimento, resolvi seguir viagem até Pouso Alegre, puto da vida e contrariado: "sacana, fihodaputa de balconista, hippiezinha de merda".

Era final de tarde quando cheguei na Chácara de Thomas Green Morton, o bruxo tinha mesmo um calombo na testa, e podava uma roseira. Estava muito ocupado com a tesoura de jardinagem, as mãos sujas de terra. Num gesto simpático, ofereceu o antebraço para me cumprimentar. Quase nem olhou para mim, apenas apontou-me a direção da cozinha com o queixo, e disse: "Vai até lá, elas estão preparando uma surpresa para você".

Quinta parte

Mezzo calabresa, mezzo muzzarella

MESA 5

— Já volto — ela disse. E levou pro banheiro o copo de uísque consigo.

"Que merda" — ele pensou, e remoeu:

— Que merda de cinismo. Perdeu a graça. Será que essa mulherada é a responsável? Putas! Semana passada esperei a madame duas horas no estacionamento do shopping. "Já volto". Sei, já volta. Não bastasse, tive de comer aquelas bostas de comidinhas coloridas... de palitinho. Mico. Mas tenho de dar um desconto a Simone. Ela sabe me manipular, e fui eu quem a ensinei. Quem diria, eu comendo sushi de palitinho. Eu não era assim. Depois carreguei as compras da madame como se fosse um cabide de grife. Que merda, eu não era assim. Não, ela não é nem puta, nem responsável por nada.

Quer dizer... não necessariamente. Talvez um pouco. Você que idealiza as mulheres. Idealiza até as putas, a mãe e aí se fode, otário. E agora que perdeu a graça, não vai mais querer brincar? Além de escroto e cínico, também virou babaca? Sim, tudo isso. Quem é que não se corrompe com o tempo? E tanto faz se for homem ou mulher, você é traído, e você trai também. Baita promiscuidade. Veja o seu caso, por exemplo. O que aprendeu na vida além da corrupção? Só aprendeu a comer de palitinho. Depois de todas as hecatombes, de todos os malditos pés na bunda, depois de todos o chifres que levou e de todos os cheques estourados por causa dessas piranhas, você insiste. Se trai e se boicota. O que é que está fazendo aqui, otário? O mesmo de sempre. Né? Por que, em vez de querer comer essa vadia, você não procura a companhia de cabras e galinhas?

Em vez de ser um Raduan Nassar, você está aqui... No simpático bistrô japonês da Benedito Calixto — engolindo o próprio veneno. De palitinho, e ainda tem que aguentar o sushiman rindo da sua cara de otário. Japonês filho de uma puta. Mas Simone não é uma vadia. E nem todos os lugares dessa cidade servem sushi; ela até que faz umas concessões e, de vez em quando, vocês vão num boteco legal. "Já volto." Ela só foi ao banheiro, Zé Carlos. E você vai esperar, porque ela e a Tati, a gostosa da Tati... Ah, meu Deus, elas estão descobrindo que são lésbicas, não é lindo? E você, otário, faria qualquer coisa para se enfiar no meio das duas. Né? Se for pra se lamber com a Tati, que ela fique a noite inteira lá no banheiro. Claro que ela é uma sacana. Qual a diferença de uma biscate pruma puta? Nenhuma. Puta, sacana, biscate. Dá na mesma: quem vai se fuder nessa história é você. Quem manda se chamar Zé Carlos? Agora vai pagar as contas da Tati. Biscate ou não biscate, puta ou santa, qual a diferença? Caralho! O trouxa é você. O engano é seu. Mas pensando bem, essa mulherada trabalha dia e noite para que você se engane e seja enganado. Elas trabalham para a máquina de enganos. É isso, bingo! A máquina de enganos. A questão é: como saber se a sua mina é funcionária exemplar dessa indústria de triturar colhões, ou se é apenas uma funcionária resignada?

Não, resignadas elas não são. Mas que elas trabalham lá, ah, isso trabalham. Que rabo, ah, meu Deus... que rabo que ela tem! Vou pôr as duas pra se lamber. Lá embaixo do meu saco. Zé Carlos, você é fodão. Uma bola pra cada uma. E depois disso, depois virá o cinismo.

Zé Carlos Moreschini é um cara bem detonado para a idade que tem. Passa horas conversando com o copo de uísque:

— O engraçado é que ele vem de qualquer jeito, o cinismo alcança todo mundo. Antes, durante e depois. No meu caso, chegou mais cedo, não nego. Sou cínico desde criancinha, mas era diferente, eu me divertia: montava no lombo da Gessy, minha babá, e sapecava-lhe o relho. Cínico, filho da puta, porém quase inocente. Um desinformado. E a Gessy adorava empinar o flanco, ela relinchava pra mim! Também fui cínico na adolescência, quando me isolei daquela babaquice que foram os anos oitenta. Além de cínico — convenhamos, meu amigo garçom —, um sábio.

Outra dose! E no começo da vida madura — quaquaquá —, "vida madura", essa é boa. Vá lá, no começo da "vida madura", você pegou muitas mulheres por conta do cinismo. Sabia lidar com o "mardito", era um especialista. Um relógio suíço. Ah, quando eu (quer dizer, você...) tinha vinte e dois anos, o meu repertório era um Rolex: e o cinismo, claro, era o tempo oficial. Bons tempos. Quando chegava meia-noite, eu contava a história dos sinais que trazia no corpo, e de bate-pronto invocava Irana Kashipur, o demônio que travou uma batalha de vida e morte com Lord Ganesh... ih, seria Ganesh, a reencarnação de Buda, aquele com uma dezena de braços e com tromba de elefante, garçom? Sei lá, eu sei que as mulheres, com exceção da Simone, que me conhece muito bem, elas adoram essas lorotas orientais. Aí, no momento em que eu passava de Lord Ganesh pro caso do marinheiro esquizofrênico, enchia o terceiro copo de vinho. Os famosos KOs místicos, eu adorava aplicá-los, desde que não entrasse incenso na parada. Até pros incensos eu já tinha uma piada que funcionava na hora certa! Não, não vou contar a piada. Eita! Eu era o cão do cronômetro. Tinha as piadas e o tempo certo para amaciar as carnes e nisso, depois de Buda ou Lord Ganesh ter dado uma coça em Irana Kashipur, já era dez para meia-noite, nem um minuto a mais nem um a menos: dez para meia-noite aplicava a mordida no lábio inferior da incauta. Não beijava.

Continua falando pro copo de uísque:

— Por que eu não beijava, garçom? Lá em Porto Belo. Isso, em Porto Belo, no litoral brega de Santa Catarina, tinha um bar muito "apropriado" para *desarrollo* de minhas canastrices, garçom. Chamava-se "Chão de Areia". Eu era o vampiro do Chão de Areia. Imagina um boteco à beira-mar, evidentemente de chão de areia, e com um piano que ninguém usava. Um piano que fazia companhia aos peixões oceânicos empalhados. Tava lá pra decorar o "ambiente". Para dar um ar de sofisticação ao lugar rústico, qualquer coisa assim. Eu estudei piano, garçom. Ninguém sabe disso. Chega a ser inusitado. Ah, eu sempre soube manipular o inusitado. Que para mim não era inusitado porra nenhuma. Nem pras minas que, afinal de contas, garçom, deixavam-se levar pelo meu lero-lero. E nem pro Paulo Maluf, pianista como eu. Eu e o Maluf, virtuoses ao piano. Ou quase. Dava pro gasto. Quando eu ia pro piano e sapecava as músicas do Robertão... putaqueopariu, véio! Até seus colegas, os garçons do bar, queriam dar pra mim! Aí era só pendurar a conta e levar a lebre pro abatedouro. Acredita? Eu tinha uma garçonnière e um altar para o Jece Valadão, ele e o Carlos Imperial eram meus ídolos.

Traz mais uma, garçom, em homenagem ao Carlos Imperial!

Copo cheio, ele continua:

— Caraio, como tô velho. Em plenos e efervescentes e dispensáveis anos oitenta, eu "abatia lebres numa garçonnière" — no litoral ermo e improvável de Santa Catarina. O nome disso é falta de opção, acabei virando artista plástico. Quaquaquá! Era final dos oitenta e eu me recusava a comer qualquer garota que usasse os pingentes da época, era só o que me faltava. Não estava nem aí praquelas bandinhas de merda. E, no frigir da omelete, as minas gostavam dessa minha nostalgia, ou fingiam que gostavam. Não faz diferença. Mas o cinismo, garçom, o cinismo nessa época era uma benção para mim. Uma e meia da manhã eu estava abrindo a lateral esquerda da retroxota com a ponta da língua em "u", e até as quinze para as duas já havia me aliviado, porque os cínicos elegantes, os da minha laia, digo, estirpe, não gozam, se aliviam, sabia? Quinze minutos depois a barbie pegava o rumo dela, e era só felicidade. O tempo passou, o Chão de Areia virou um condomínio de prédios de quatro andares, Roberto Carlos continua fazendo seus especiais de fim de ano na Globo, e o meu cinismo foi se espalhando feito um câncer. Tomou conta de tudo. O inusitado? Esse eu compro na farmácia, azulzinho. E chega uma hora, meu chapa, que o cara perde o controle, e quando vê está com a alma podre. Não acredita mais em nada e em ninguém, principalmente nas mulheres. Só no rabo delas. Que diabo de feitiço tem o rabo dessas putas, garçom?

O cinismo toma conta de tudo. De tudo, entende? Ele que sempre esteve lá: junto com o melhor que você julgava ter carregado a vida inteira para baixo e para cima. Você que passou a vida se achando um cara legal. Até a hora que você, o "malandro", perde o prazo de validade, e lá na frente do espelho você olha um cara que parece seu pai: velho, flácido, meio careca, barba branca e com umas olheiras de cinco mil anos atrás, cínico e filho da puta, escroto. O que prevalece? Por uma questão de eliminação, meu caro, você tem apenas o pior a escolher, porque todo o resto é uma piada que só você acha graça. O cinismo de sempre. Agora sem graça, sem a mínima graça. Cético, nebuloso — você mesmo, quem diria, hein? Há quinze anos você tinha trinta, e achou que era uma grande coisa ter segurado a onda até essa idade: você devia ser mesmo um cara irremediavelmente gente boa. As pessoas podiam confiar em você, elas gostavam das suas piadas, e tudo na sua vida seria um prolongamento do seu caráter maleável — maleável porém legal, né? Aos trinta tudo caminha dentro da mais perfeita normalidade, dentro das taxas de triglicérides e da mesma pressão arterial que matou os seus ídolos mais cafajestes. Só faltava arrumar uma garota bacana, e pronto. Pronto, né? Sim, pronto se fudeu. Trouxa. Bem feito, levou uma nas fuças e agora ri do playboy, ali ó, bem na sua frente. O babaca que parece que é você há quinze anos, você sabe que ele vai se fuder, você sabe que não existem garotas bacanas porque não existem caras legais. Dá vontade de chegar lá, e dizer: você vai se fuder, cara. Se liga, imbecil! O que vem depois... é isso aqui que você está vendo na sua frente. Olha só! Viu? O que vem em seguida é algo tão natural e podre quanto suas melhores intenções, seu filho da puta.

Sinceramente? Espero que os seus amigos estejam por perto, se é que você não passou todos eles para trás, e espero que você não tenha o azar de emprenhar essa vagabunda e que... ah, meu chapa, esquece isso tudo, eu estou bêbado, você é um babaca e suas babaquices nada tem a ver com as minhas babaquices, vou voltar pra minha mesa da qual, aliás, nunca tirei a bunda. Falando em bunda, garçom. Que rabo, que rabo que a Tati e a Simone, que rabo que essas putas têm! Elas me enfeitiçam, garçom. Gosto de mãos. Vou lhe dizer uma coisa: não sei se é porque fui pianista, mas, além do rabo, que é impossível a gente não olhar pro rabo, o senhor reparou no rabo da minha mulher?, além do rabo, garçom, eu comecei a reparar nas mãos e nos pés também. Que lindas mãos que Simone tem. E ela sabe disso, e tira proveito. Eu que pago a manicure. Só para beijar a palma de sua mão. E o dorso também. Às vezes passo horas cheirando, beijando a mão de Simone. Beijo muito. Tá sempre perfumada. Foda-se se ela é puta ou não é puta. Ela é linda, cheirosa, perua do jeito que eu gosto. Também pago a malhação, e pago pelo grelo suado. Foda-se se depois da quinta dose o uísque importado virou Velho Barreiro. Sabe quais são os melhores amigos do homem, segundo o Vinicius, que era um cara que entendia desses trecos? Não sabe? Você também nunca deve ter usado uma gravata borboleta na vida. O uísque importado em primeiro lugar, depois o nacional e depois da oitava dose o uísque falsificado; são esses os três melhores amigos do homem, garçom.

Para desespero de Zé Carlos, os garçons do bar usam lenços na cabeça, à la pirata E ele continua conversando com... sua quinta ou sexta dose de uísque:

— Taí um cara que eu respeito: Vinicius de Moraes, o cara que sabia das coisas. Às vezes sonho com ele, e ele ri da minha cara. Traz mais uma que essa eu vou beber em homenagem ao meu amigo, uísque, digo, meu amigo Vinicius. Não, ele não era um cafajeste escroto e filho da puta, eu acho que não. Nada a ver com Jece Valadão e Carlos Imperial, os canalhas do meu altar. Vinicius via a despedida nos olhos de cais das mulheres, diferentemente de mim que só vejo maldade e cifrão. Vinicius era de outro lugar. Mas se fodia. Por causa dessas putas... quem é que não se fode?

Diz pro copo de uísque:

— Quando eu era moleque, garçom, elas eram gigantas e desde sempre inatingíveis, pensei que jamais teria uma pra mim, que aquilo era coisa pra gente muito maior que elas, pra gente poderosa; ter uma mulher era ter um castelo medieval com todos os fossos, calabouços e todas as armadilhas e, claro, com as devidas salas de tortura para servir de passatempo para elas, uma espécie de disneylândia das putas, porque não me importa se elas são putas ou não são putas, o que eu sei é que todas elas são filhas da puta, isso são. Para tê-las, eu precisaria matar meus inimigos, eu precisaria de sangue novo correndo no fosso do castelo. Isso mesmo, garçom, os crocodilos do fosso do castelo nadariam sempre em sangue novo e renovado. Lá no alto da torre tinha uma rainha de verdade. Simone! Pra eles, meus inimigos, ficarem ligados que eu fazia as vontades dela, e que ela era a fonte de onde jorrava todas as ignomínias. A fonte da minha ruína — direto pro almoço dos jacarés. Eu até que era um cara legal, antes dela. Antes desse cinismo maldito. Mas aquela mulher, isso era líquido e certo como o sangue que corria debaixo das pontes do castelo, ela, Simone, sempre seria o começo, o meio e o fim da minha desgraça. Pra fazer as vontades da filhadaputa, garçom, eu me estropiaria todo, em qualquer época e lugar; quanto mais sangue correndo, mais bonita e indiferente e cheirosa; ela, minha rainha cercada de paparicos, mucambas e desvarios, a juíza implacável e sem freios, maldita, injusta, principalmente injusta e implacável e egoísta, mantida por mim. Eu sou, fui ou era o soldado e todo o contingente do castelo, um exército de um otário só para satisfazer os caprichos dela, ah, eu derramaria um monte de sangue para satisfazer os desejos da piranhona sagrada, minha danação e um calcanhar pra chupar, milhares de homens mortos no campo de batalha por um calcanhar chupado, ah, garçom, eu sonho com genocídios: por ela os inocentes iriam se foder comigo, mataria Deus e o diabo pra chupar o calcanhar da putona, feito o Tanizaki no *Diário de um velho louco*, conhece essa? O velho japa cometia as piores atrocidades e corrupções e traía o próprio filho pra chupar o calcanhar da nora. E a nora, é claro, tripudiava pai e filho. Esse japonês filho da puta, o Tanizaki, é um cara que conhece o métier dessas serpentes. Ele inventou uma espécie de masoquismo do sádico, entende? Complicado, complicado. O cara precisa ter uma alma necrófila, auto-sabotadora e subversiva para entender essa jogada... Não é o seu caso, garçom. Fica sossegado. O seu negócio é usar esse lenço ridículo na cabeça e cobrar seus 10%. O negócio do Tanizaki e o meu, descobri, é ter prazer em ser fulminado não pela circunstância imediata, mas por um instinto de aversão por aquilo que aparentemente não nos diz respeito. Por exemplo, os buços, os pelos duros da virilha, e as guimbas manchadas de batom da Simone. Eu quis tudo isso para mim, e pedi a ela. Na verdade, implorei. Simone me trazia seu lixinho diretamente do biombo de depilação. O cara precisa ser muito filho da puta para dar um perdido na própria alma, garçom. Ir mas não ir. Sacanear a própria natureza. Dar uma rasteira no tesão, e relinchar de prazer porque é um homem e não um hamster. E foi assim, de cotonete em cotonete, de esparadrapo em esparadrapo, que abri as portas do céu e do inferno. Eu precisava arrumar um contraponto ao cinismo, caso contrário enlouqueceria. Embora eu e Simone soubéssemos que esse contraponto seria uma inutilidade, uma corrida contra nós mesmos e contra o tempo, ainda assim e porque nos amávamos, eu acho, por isso é que inventamos esse estado de doença, felicidade e... como é que eu vou dizer, garçom? Um estado de felicidade e pequenas porcarias.

Complicado, né? Tem um amendoizinho aí? E você (quer dizer, eu), para se distrair, acaba passando por otário, e acaba se convencendo de que, de fato, é mesmo uma besta quadrada. Quando vê tá lá comendo peixe cru de palitinho. E de todo esse vulcão que irrompe para dentro de si mesmo, garçom, sobra o mais trivial: a aparência, a circunstância imediata e, no meu caso — eu que não sou nenhum samurai e que não tenho os escalpos dos inimigos para me ocupar, leia Tanizaki, leia que você vai entender o que estou falando —, no meu caso, garçom, acabo me distraindo como os absorventes da Simone, e com um sushizinho maldito toda quinta-feira. Tesão. Fazer o quê? Depois da quinta dose, a gente se vira com esse tesão do lixinho da depilação. Se vira como pode, meu chapa.

Dessa vez, Zé Carlos consegue se levantar, e grita: "Traz mais uma: pro Tanizaki, pro Vinicius e pro Carlos Imperial, vou beber pelos três!".

— O que me intriga, garçom, é o seguinte: quando eu era moleque achava que as mulheres eram muita areia pro meu caminhãozinho. Tive de crescer para subjugá-las. E agora, garçom, veja só que engraçado, entendi que somente sendo um mosquito posso alcançá-las. Intrigante, não acha? Troquei o guaraná pelo uísque e minha mãe por essa putona... foi isso o que aconteceu. Shit!

No banheiro, Simone larga o copo de uísque sobre a pia. Retoca o batom. Usa um vestido vermelho com um decote que, além de segurar suas tetas, desafia a gravidade e a paciência do Zé Carlos, o bêbado da mesa 5. ....
....
....
....

— Tô cada vez menor, garçom. E Simone cada vez mais giganta. Quando conheci a giganta de Baudelaire, quase que entro em curto-circuito, o homem que blasfemou contra os céus e os infernos também sucumbiu ao lixinho do biombo, a essa inhaca que me faz menor a cada dia, garçom:

Eu quisera viver junto d'uma giganta,
Como um gatinho manso aos pés d'uma rainha!

Gosta de assistir-lhe ao desenvolvimento
Do corpo e da razão, aos seus jogos terríveis;
E ver se no seu peito havia o sentimento
Que faz nublar de pranto as pupilas sensíveis

Percorrer-lhe à vontade as formas gloriosas,
Escalar-lhe, febril, as colunas grandiosas;
E às vezes, no verão, quando no ardente solo

Eu visse deitar, numa quebreira estranha, estranha,
Dormir serenamente à sombra do seu colo,
Como um pequeno burgo ao sopé da montanha!

— Se eu pudessse escolher, garçom, o endereço do meu pequeno burgo seria bem no rego das tetas da Simone. Simone, Simone, Simone. Eu me contentaria em ser uma sarda no colo dessa puta. Sim, uma sarda já estava de bom tamanho para mim, o fato de saber da vizinhança do mamilão chocolate, só a proximidade do mamilão, garçom, já me faria um homem, digo, uma sarda realizada. Simone é a autêntica mulher giganta. Eu quis assim. Eu que pedi a ela. Implorei. E, antes que eu me esqueça e me perca em digressões, quero dizer que ela é uma filha da puta. Pois bem. Outro dia, assim de inopino, quando vi, a filha da puta me arrastou para uma loja de sapatos. Hipnotizado, garçom, me vi na função do vendedor. Se eu contar ninguém acredita. Mas ela fez isso comigo: desceu todas as sandálias da loja e me obrigou a calçá-la, sandália por sandália; nenhuma prestava. As vendedoras e as clientes da loja não acreditavam no que acontecia; ela fazia pesar os pés sobre meus ombros, "não gostei, essa não; aquela outra também não, não e não". A loja parou. Tinha gente que espiava através da vitrine. O que Simone queria mesmo era me humilhar: mostrar pra mulherada como é que se "usava" uma sandália. Chegou uma hora que eu não aguentei, garçom: enfiei a boca no dedão do pé de Simone e o chupei como se fosse um castigo e um prêmio ao mesmo tempo; foi um movimento involuntário e a senha para ela, finalmente, escolher uma sandália. A mais cara da loja, claro. Em seguida, para completar o vexame, paguei a conta. Que vergonha. Que tesão. Saí de lá carregando as sacolas. Debaixo de aplausos!

Os jogos terríveis de Simone, garçom. Ela não sossega nem um minuto. Agora mesmo me tortura, e é bem capaz de chegar à mesa e reclamar da minha impaciência. Também vai reclamar da minha bebedeira, da vida dura que ela leva por minha causa, logo eu que não deixo faltar um alfinete no enxoval dessa puta: pago tudo, garçom, desde o aluguel do apartamento dela até os dreadlocks do filho adolescente metido a rastafári. O prazer dela é me cobrar. O meu prazer é depositar o dinheiro em sua conta. Gostaria de me sentir um louco, mas me sinto um degenerado, a vergonha da classe dos machos, e isso, garçom, é que me dá prazer. Ir contra meu instinto, fazer todas as vontades, aguentar todas as injúrias, lamber as solas dos pés dessa desgraçada. Ela sempre diz: "a sola, começa pela sola". E, lá embaixo, eu fico pensando: melhor isso que virar crente no final da vida, como fez o Jece Valadão. Ao menos, o constrangimento que causo à minha biografia não compromete minha obra. Porque o Jece Valadão jogou literalmente a biografia e a obra dele no lixo quando virou pastor evangélico. Sempre fui um degenerado, e agora — digamos — me atualizei tecnologicamente. Nessa altura do campeonato, me diga, garçom, qual outro contraponto ao cinismo? Acho que o Carlos Imperial devia curtir um tornozelinho.

Simone finalmente chega do banheiro, linda, tesuda. Zé Carlos está debruçado sobre a mesa:

— Levanta, Zé Carlos. Não me faz passar vergonha.
— Oi, cadê a...

Ele não consegue completar a frase. Simone aponta o copo que trouxe do banheiro, e diz:

— Pra você.
— Mas...
— Bebe.
— Simone, por que...
— Bebe tudo.

Zé Carlos vira o copo. Nas primeiras vezes, Simone misturava sua urina com um tanto de guaraná e outro tanto de uísque. Depois, conforme o acerto que fizeram, ela diminuiu boa parte do guaraná e eliminou completamente o uísque.

PAI

Pai, pode ser que daqui a algum tempo, haja tempo pra gente ser mais, muito mais que dois grandes amigos... pai e filho talvez...

Essa linda canção do Fábio Jr. me fez pensar no seguinte: nunca olhei nos olhos do meu pai. De uma certa forma sempre mantivemos uma distância engenhosa um do outro. Mas isso não quer dizer que fôssemos indiferentes, de jeito nenhum. Só que ele tinha as preferências dele, e eu as minhas. Como se nossas afinidades — o jeito como organizávamos as ideias na cabeça, a antecipação das tragédias, a fantasia que chegava sempre (tanto nele como em mim) antes da realidade, o gosto pelas viagens de carro noturnas e o sorvete de nozes e, sobretudo, a mania de acreditar nas próprias fraudes ou falar de uma coisa para inventar outra, enfim, como se nossas afinidades não tivessem nada a ver conosco. Não, diferente do pai do Fábio Jr., o meu pai nunca (em tempo e lugar nenhum), jamais seria meu grande amigo, apenas um cara que cometia os mesmos erros e as mesmas besteiras que eu havia de cometer vida afora; a gente sempre se repetiu, tanto que ele podia ser perfeitamente meu filho, e se fosse assim, eu ia agir da mesma forma que ele age e agiu a vida inteira comigo, isto é, nunca olharia nos meus olhos.

Pai, pode ser que daí você sinta, qualquer coisa entre esses vinte ou trinta, longos anos em busca de paz...

Difícil aceitar que a vida de quem amamos tenha sido jogada fora. Porque uma coisa é ponto pacífico: há amor, claro que sim.

Na verdade, tememos pelo nosso destino. Pelo tempo que não é tão longo assim, e que passa rápido demais, e se há algo nessa história que prova que, apesar da distância entre uma pessoa e outra, o amor existe, e que não é o tempo que voa, bem, esse "algo" é a busca obstinada pelo encontro (ou pela paz); daí o desejo ou a súplica de que em algum instante — tanto faz se for pai ou filho ou a mulher amada — alguém venha a renascer: *Pai, pode crer que eu estou bem, eu vou indo, estou tentando, vivendo e pedindo, com loucura pra você renascer...* enfim, a gente pede "com loucura" para que alguém renasça a qualquer custo, mesmo que o tenhamos matado no meio do caminho, a gente pede com loucura para ele (ela) voltar, mas esse alguém não vai voltar, não. Sabem por quê?

Pai, eu não faço questão de ser tudo, só não quero e não vou ficar mudo, pra falar de amor pra você...

Porque para o amor sempre vai ser tarde demais. Ah, meu Deus! Por que tem de ser assim? Por que quando adquirimos o grito apenas o deserto nos ouve? Por que, como diria meu amigo e poeta Marcelo Montenegro, temos sempre que "dinamitar a ponte que atravessamos"?

Montenegro, aliás — e não por acaso —, é fã dessa canção.

Ah, pai, senta aqui que o jantar está na mesa, fala um pouco, tua voz está tão presa, me ensina esse jogo da vida, onde a vida só paga pra ver...

Ah, pai, agora que é tarde demais, o jantar está na mesa, deixa eu lhe servir um drinque, me conta daquela noite que flagrei você e a mãe combatendo sob uma luz prateada, foi tão bonito... eu nunca consegui saber o que de fato estava acontecendo, não sei se foi sonho ou realidade, mas me conta, pai, agora que é tarde demais, me conta porque a minha voz está tão presa... tão presa como a sua voz: *me perdoa essa insegurança, que eu não sou mais aquela criança, que um dia morrendo de medo, nos teus braços você fez segredo...*

Tão presa. Ah, pai, minha voz tão presa, igual à sua, *nos teus passos você foi mais eu.*

Pai, eu cresci e não houve outro jeito, quero só recostar no seu peito, pra pedir pra você ir lá em casa, e brincar de vovô com meu filho, no tapete da sala de estar...

Não houve outro jeito, pai. O que eu faço agora que meu filho cresceu? Se não tenho você mais comigo? Ah, e agora que meu filho me olha nos olhos e eu, envergonhado, vejo você? Onde ponho você nessa estante? No lugar do herói ou do bandido?

PARA O DOSTOIÉVSKI
DO JARDIM CASQUEIRO

Às vezes me perguntam: "para que time você torce?".

Torço para o futebol acabar. Sou fanático por esse resultado, e perco sempre. Quase sempre.

Quando uns animais uniformizados se matam nas ruas, aí eu ganho. Quando um jogador abre a boca — com exceção do Baixinho — para dar uma entrevista, também ganho... e de lavada.

Sou a favor do pebolim. Simplesmente porque no final da partida os jogadores não abrem a boca. De preferência gosto de jogar sozinho. Não chega a ser um esporte, mas é algo parecido com escrever.

A única possibilidade que existe é perder para si próprio. Eu nunca perdi. A grande maioria que se mete a escrever, perde. Deviam tentar outra atividade. Aliás, aproveito para sugerir a sauna mista para essa gente. Por favor, marmanjos... não me mandem originais.

Vão para o inferno ou tentem o ramo de autopeças. Ouvi dizer que os hotéis de Serra Negra estão ávidos por garçons bilíngues. Tentem um curso profissionalizante no SESC. Leiam o livro da Glorinha Kalil. Tenham modos.

Isso evidentemente não vale para as garotas candidatas a escritoras. Elas são geniais. Se um Dostoiévski do Jardim Casqueiro estiver me lendo nesse momento, ele vai me dar razão. Quem é escritor não precisa da chancela de ninguém. Precisa escrever e amar as estudantes de Letras, e já é muito.

Sempre acreditei que é mais importante errar no alvo do que generalizar. Se o alvo for você mesmo — estou falando contigo, Dostoiévski do Jardim Casqueiro —, melhor ainda. Tenho duas convicções. As verdades para um escritor nada tem a ver com chiliques, inclusive podem acontecer por engano. São as melhores. O exercício da mentira também não é para qualquer pangaré.

Não suporto tipos que fumam maconha e pagam as contas em dia. Se ama — como bem disse Márcia Denser — "tira a roupa". O amor — somente o amor — pode aliviar nosso tempo de sofrimento no mundo. Isso se levarmos em boa conta que o ódio nasce do amor e a espécie humana carece de compaixão e desvario. Ademais, defendo minha liberdade plena de amar as garotas de dezessete anos e o direito de dar nomes ao meu gado. "Meu gado"... ah, como é bom chamá-lo assim.

Para mim escrever é o equivalente a cometer abortos. É exatamente com esse impulso que denomino meus alvos, "meu gado"... como se fosse um assassino de algo que não existe. Que dispõe publicamente o crime, o endereço, CPF e RG. Escrever — escuta aí, Dostoiévski do Jardim Casqueiro — pode ser uma opção diante da morte. Depois, conforme a circunstância, pode ser o contrário. Tanto faz ser a favor da morte ou da vida. A única coisa que conta é não fugir das palavras, e escrever o que tem de ser escrito.

No meu caso, nesse momento areópago, tenho necessidade de escrever o seguinte: quero chupar o grelo da Mariana Ximenes. Pronto, escrito está.

Todavia e apesar de a Mariana fugir do seu destino, que sou eu mesmo, apesar de tudo, estou feliz. Não sou garçom, nem trabalho de corretor na bolsa de valores... ainda assim, insisto: estou feliz. De férias no Rio de Janeiro. Aproveito a entressafra na medida da verossimilhança.

Ou seja: estou feliz sim, mas não é nada fácil. Acabei de escrever outro livro genial e o vazio já me provoca, quer mais (é sempre a mesma coisa), essa meleca de vazio sabe que não terá nada diferente de perplexidade e espera da minha parte. Essa é a pior etapa.

Há que se cumprir as etapas. Há que se compor, deixar o tempo passar despercebido e, se possível, descansar das próximas lides no ventre branquelo e gordinho de Teresa. Isso que eu chamo de antevisão. Se fosse outro livro, chamaria de *Teresa para amanhã*. Um belo título — tenho certeza que o Dostoiévski do Jardim Casqueiro assinaria embaixo.

Sexta parte

VALENTINA E O LARANJA INTENSO

Não foi de repente. Um final de tarde acontece todo final de dia. Foi esperado, e muito. Portanto o sol estava mais laranja naquele final de tarde. Então, foi assim: ao sabor de um encontro que devia ter acontecido há muito tempo, e sem filtro solar, que tive uma filha pela primeira vez. Não sei se estou mais apaixonado pela mãe, ou pela garota, Valentina. A menina que eu procurava desde o meu primeiro livro.

Bem diferente daquela garota de olhos tristes e amendoados que olhava para baixo nos meus contos, crônicas e romances, Valentina me pediu para construir um castelo de areia perto do mar, e eu acabei comprando um brinquedo que soltava bolhas de sabão para ela.

E a ensinei a assoprar bolhas a favor do vento. Quase incrédulo. Não porque desacreditasse em castelos que se desmancham na areia (a imagem é brega, mas necessária), mas porque me surpreendi comigo mesmo.

Um final de tarde cor de laranja. Ali estávamos: Valentina, a mãe e eu... logo Eu!!, o "Capiroto", como a mãe da Valentina me chamava, a ensinar uma garotinha de sete anos a assoprar bolhas de sabão na direção do vento. Nunca me imaginei ensinando qualquer coisa pra ninguém.

Nem seria preciso dizer: bolhas de sabão não são "qualquer coisa". Nem seria preciso dizer que o sol era mais laranja naquele final de tarde por causa da Valentina.

Nem seria preciso dizer: bolhas de sabão são feitas com o mesmo material dos castelos que se desmancham na areia. Sonhos. Não há diferença. Apenas uma questão de localização. Se eu fosse poeta, e se acreditasse em sonhos, diria: um se desmancha no ar, e o outro é arrastado pela correnteza.

Ou ainda: uma coisa remetia à outra, e, talvez, inconscientemente, o medo de perdê-las, mãe e filha, tivesse uma ligação direta com aquele instante feliz de praia, bolhas de sabão e biscoitos de polvilho. Mas sobretudo tinha uma relação direta comigo mesmo: eu traía mãe e filha.

Explico. Além do encantamento em si, tentei mas não consegui desviar o olhar da mulata que estendia a canga ao meu lado. Sei lá, acho que me faltava vocação para ser o pai (ainda que postiço) da Valentina, e marido da mãe dela. Sobrava felicidade.

Não queria — outra vez — perdê-las. Dessa vez não, resolvi que não.

Valentina e Camila. Duas garotas, uma com sete anos de idade, e a outra com vinte e poucos. Mãe e filha. E eu lá, do outro lado. Um quarentão sem muita convicção a cofiar o cavanhaque grisalho. Tentando — a essa altura da vida — entrar em um acordo com a minha libido esfrangalhada. Claro que não ia ter acordo nenhum. Quando de repente — agora sim —, de repente, Valentina apareceu.

Foi mais laranja que o final de tarde, e mais rápida que a mulata. Que, naquele instante, acabava de empinar a bunda sobre a canga estendida na areia:

— Tio Marcelo?
— Oi, Valentina.

— Você é namorado da minha mãe?

Quando o sol se pôs as levei ao ponto de táxi. Valentina — é claro — em cima do meu cangote, e Camila a reclamar que eu, o Capiroto, estragava a garota com os meus mimos.

Valentina me assoprou um beijo quando o táxi partiu, Camila fazia bolhas de sabão com o brinquedo da filha.

Voltei à praia, e considerei seriamente a hipótese dos Castelos de Areia e das Bolhas de Sabão. Mas o que prevaleceu mesmo (pelo menos na minha memória, e apesar do laranja intenso) foi a imagem do táxi indo embora.

SOBRE O AUTOR

Marcelo Mirisola nasceu em São Paulo, em 1966. Publicou os livros *Fátima fez os pés para mostrar na choperia* (contos, 1998), pela Estação Liberdade; *O herói devolvido* (contos, 2000), *O azul do filho morto* (romance, 2002), *Bangalô* (romance, 2003) e *Notas da arrebentação* (2005), pela Editora 34; *O banquete* (com Caco Galhardo, 2005), pela Barracuda; *Joana a contragosto* (romance, 2005), *O homem da quitinete de marfim* (crônicas, 2007) e *Animais em extinção* (romance, 2008), pela Record; e *Proibidão* (2008), pela Demônio Negro.

Este livro foi composto em Minion
pela Bracher & Malta, com CTP e
impressão da Prol Editora Gráfica
em papel Pólen Soft 80 g/m² da Cia.
Suzano de Papel e Celulose para a
Editora 34, em novembro de 2009.